Viaje a los escenarios de **Dan Brown**

OLIVER MITTELBACH

Oliver Mittelbach
Título original: *Leseratten unterwegs.*
            Dan Browns Thriller-Schauplätze als Reiseziel
© books&friends GmbH
   Alfredstrße 108
   45131 Essen (Alemania)
   info@booksandfriends.de
   www.booksandfriends.de
© De esta edición:
   Santillana Ediciones Generales, S.L., 2006
   Torrelaguna, 60. 28043 Madrid
   Tel. 91 744 90 60.
   Fax 91 744 90 93
   www.elpaisaguilar.es

Coordinación editorial: Carmen G. Barragán
Traducción: Anna Coll
Diseño y maquetación: M. Mercedes Sánchez
Edición: Cristina Gómez de las Cortinas y Gema Moreno

Primera edición, abril 2006

ISBN: 84-03-50455-1
Déposito Legal: M-8.846-2006
Impreso en Orymu, S. A., Pinto (Madrid)

Toda la información práctica recogida en esta guía ha sido debidamente comprobada a fecha
de su edición. La editorial no se hace responsable de los cambios ocurridos con posterioridad.

Viaje a los escenarios de **Dan Brown**

OLIVER MITTELBACH

EL PAIS
AGUILAR

rutas de suspense por europa

RUTA DE 'EL CÓDIGO DA VINCI' EN PARÍS
¿Quién era en realidad Leonardo da Vinci?

7	Hotel Ritz
10	Jardines de las Tullerías
11	La Pyramide
13	Museo del Louvre
17	Trasfondo histórico: Leonardo da Vinci
20	Iglesia de Saint-Sulpice
23	Trasfondo histórico: el meridiano cero
24	Avenida de los Campos Elíseos
27	Gare Saint-Lazare
28	Rue Haxo
30	Château de Villette
32	Ruta a pie por París
36	Rutas organizadas por París
38	Cómo llegar a París

RUTA DE 'EL CÓDIGO DA VINCI' EN LONDRES
Los símbolos de los Caballeros Templarios

41	Fleet Street
43	Iglesia del Temple
46	Trasfondo histórico: los Caballeros Templarios
48	King's College
49	St. James's Park
50	Abadía de Westminster
53	Sala Capitular
55	National Gallery
57	Ruta a pie por Londres
59	Rutas organizadas por Londres
60	Cómo llegar a Londres

RUTA DE 'EL CÓDIGO DA VINCI' EN ROSLIN
¿Patria del Santo Grial?

63	Capilla de Rosslyn
68	Cómo llegar a Edimburgo

RUTA DE 'ÁNGELES Y DEMONIOS' EN ROMA
Las hermandades secretas en el Vaticano

71	Cómo empezó todo: el CERN
74	Roma – El Vaticano
75	Jardines del Vaticano
76	Trasfondo histórico: la Guardia Suiza
78	Palacio Apostólico
79	Capilla Sixtina

82   Trasfondo histórico: el camarlengo
83   Trasfondo histórico: el cónclave
85   Plaza de San Pedro
87   Basílica de San Pedro
90   Piazza della Rotonda
90   El Panteón
94   Trasfondo histórico: Rafael
95   Piazza del Popolo
96   Santa Maria del Popolo
97   Capilla Chigi
100   Trasfondo histórico: Gian Lorenzo Bernini
     y el Vaticano
102   Piazza Barberini
102   Santa Maria della Vittoria
105   Piazza Navona
106   Fuente de los Cuatro Ríos
108   Puente de Sant'Angelo
109   Castillo de Sant'Angelo
111   Il Passetto – Pasadizo de escape
     de los Papas
112   Isola Tiberina
113   Hotel Bernini
115   Ruta a pie por Roma
120   Rutas organizadas por Roma
122   Cómo llegar a Roma

RUTA DE 'LA FORTALEZA DIGITAL' EN SEVILLA
Tras las huellas del anillo de oro

125   Plaza de España
126   Hotel Alfonso XIII
127   Barrio de Santa Cruz
128   Catedral de Santa María
129   Trasfondo histórico: los restos
     mortales de Colón
130   La Giralda
132   Ruta a pie por Sevilla
133   Cómo llegar a Sevilla

'EL CÓDIGO DA VINCI' ~ LA PELÍCULA

135   La película
136   París
139   Château de Villete
140   Londres
141   Lincoln
144   Otras localizaciones en Inglaterra
144   Roslin

rutas de suspense por **Europa**

En Europa está surgiendo una corriente que podría denominarse turismo de suspense: los grandes éxitos de ventas *El Código Da Vinci* y *Ángeles y Demonios* despiertan en el lector el interés por conocer en directo los escenarios de las novelas más populares en la actualidad.

Se trata de descubrir una nueva faceta de las ciudades más bellas de Europa siguiendo las huellas de Robert Langdon, el protagonista de estas dos novelas.

Desde hace un tiempo, algunas agencias de viaje de Estados Unidos, y también de Nueva Zelanda, han comenzado a ofrecer viajes a Europa bajo la rúbrica *La Ruta Da Vinci*. En Alemania, Francia, Italia e Inglaterra algunos agentes de viajes han incluido el tema en sus programas y organizan visitas guiadas en París, Londres y Roma para conocer los escenarios donde se desarrolla la acción de estas novelas.

No obstante, si el viajero intenta orientarse por su cuenta, guiándose tan sólo por las descripciones del autor, se dará cuenta enseguida de que Dan Brown no es precisamente la persona más indicada para preguntar por una dirección en París o en Roma.

La fantasía del escritor y su libertad artística son capaces de trasladar una iglesia de una plaza a otra, modificar el trazado de las calles y situar caminos donde no los hay. Con esta guía, el viajero no correrá ningún riesgo, más bien al contrario: además de abundante información de trasfondo sobre los escenarios históricos, encontrará propuestas de rutas por las ciudades de París, Londres y Roma, con las que podrá preparar su propia visita inspirada en *El Código Da Vinci* o *Ángeles y Demonios*.

Los que también deseen acercarse a Sevilla tienen al final un breve capítulo sobre *La fortaleza digital*, aunque no se indiquen muchos lugares para visitar. Como compensación, en la pequeña Ruta de *La fortaleza digital* se destacan los edificios más relevantes de Sevilla y aún le sobrará tiempo al viajero para disfrutar del ambiente sevillano en los numerosos bares de tapas.

Este libro no debe considerarse un sustituto de las clásicas guías de viaje para visitar ciudades. Nuestra intención es que sea un valioso complemento para quienes deseen seguir los pasos de Robert Langdon. Pero también en casa, sentado cómodamente en su butaca preferida, el lector encontrará aún más sugestivas las aventuras del protagonista de la novela gracias a las detalladas descripciones de esta guía.

Cuando se visita una iglesia hay que tener siempre muy presente que ante todo es un lugar de recogimiento y oración, con independencia de las esculturas y tesoros que albergue. Siempre merece la pena contemplar las obras maestras de Gian Lorenzo Bernini, Miguel Ángel y Leonardo da Vinci, y, por este motivo, nos alegra que Dan Brown, con sus novelas, haya contribuido a despertar una nueva forma de turismo cultural. Esperamos que el lector se divierta en su viaje de suspense, y no tenga miedo, que no es en absoluto peligroso.

¿Quién era en realidad Leonardo da Vinci?

RUTA DE 'EL CÓDIGO DA VINCI' EN PARÍS

hotel **Ritz**

El Ritz, ¿quién no conoce este nombre? Mil veces descrito y alabado, es sinónimo de *glamour* y lujo. El Hotel Ritz fue fundado a finales del siglo XIX por César Ritz. Este suizo, nacido en 1850, había acumulado una gran experiencia durante muchos años en los hoteles más cosmopolitas de Baden-Baden, Cannes, Londres y Roma. Durante este tiempo llegó a conocer a la perfección las elevadas exigencias de los ricos y los nobles. Con toda esta experiencia abrió en el año 1898 su propio hotel en la Place Vendôme. El éxito fue enorme, y el libro de entradas del Ritz parece un listado de las más destacadas celebridades: aquí se alojaron personajes de la nobleza, como el que más tarde sería el rey Eduardo VIII, el sha de Persia y los Windsor, además de escritores como Marcel Proust, Jean-Paul Sartre y, cómo no, Ernest Hemingway, que ocupó durante muchos años la habitación número 31 y que da nombre al bar del hotel. Actores como Charlie Chaplin, Greta Garbo, Marlene Dietrich y otros muchos artistas, músicos y personajes famosos se alojaron también en este hotel.

La excéntrica emperatriz de la moda, Coco Chanel, vivió durante 30 años en su *suite* en el Ritz, donde murió en 1971.

Las celebridades de nuestros días también parecen encontrarse muy a gusto en este lugar: en abril de 2005 David Beckham sorprendió a su mujer, Victoria, con un viaje sorpresa a París, que incluía pasar la noche en la *suite* Coco Chanel. Fue para compensarla por no poder celebrar con ella su 31 cumpleaños, pues ese

Tras su conferencia en la Universidad Americana de París, Robert Langdon, profesor de Harvard especializado en simbología religiosa, disfruta de su bien merecido descanso en el Hotel Ritz. A la 1.30 es arrancado de su sueño por la policía francesa, que le comunica que Jacques Saunière, conservador del Louvre, ha sido asesinado. Y el nombre de Langdon figuraba en la agenda de Saunière...

Izquierda | La Torre Eiffel, símbolo de París

El edificio más importante
de la plaza: el Ritz

hotel ritz
15 Place Vendôme,
7501 París.
Tel. 0033 1 43 16 30.
70resa@ritzparis.com
www.ritzparis.com

restaurant l´espadon
Tel. 0033 1 43 16 30 80.
Horario: 7.00-11.00,
12.00-14.30, 19.00-22.30
todos los días.

bar hemingway
Tel. 0033 1 43 16 30 65.
Horario: 18.30-2.00
lunes-sábado.

día tenía que cumplir con sus obligaciones profesionales con el equipo de fútbol en el que juega, el Real Madrid. Parece que a Victoria le gustó mucho la sorpresa…

El Ritz, tanto ayer como hoy, ha estado siempre en condiciones de ofrecer cualquier lujo imaginable y un servicio extraordinario, del que se encargan más de 600 empleados. Las 162 habitaciones de lujo, de las cuales 66 son *suites*, están decoradas con valiosos muebles de estilo clásico francés, cuadros antiguos y tapices de seda. Recientemente, el hotel ha sido renovado con gran esmero y un gran coste económico, intentando preservar su incomparable ambiente histórico. La *suite* Coco Chanel es una de las diez Suites Prestige, que llevan el nombre de famosos huéspedes y conocidas personalidades. En sus amplios 150 metros cuadrados, los miembros de la alta sociedad disfrutan del ambiente del pasado sin renunciar al moderno confort, como un *jacuzzi*.

La factura asciende como mínimo a 3.800 €
por noche. Sin embargo, una cama como la
de Robert Langdon cuando fue arrancado de
su sueño puede disfrutarse a partir de 590 €.
Parece que los especialistas en simbología no
están mal pagados.

La cocina del hotel goza de fama legendaria.
En los primeros años tras su inauguración trabajó aquí Auguste Escoffier, el cocinero más
conocido e importante de la historia. En la
actualidad, el restaurante L'Espadon está dirigi-
do por el gran chef Michel Roth, que sin duda
no tardará en recuperar una de las dos estrellas
Michelin que poseía. En los sólidos sillones de
cuero verde del Bar Hemingway se disfruta
de un ambiente muy agradable y se pueden
contemplar las habilidades con la coctelera de
Colin Field, elegido en 2001 el mejor barman
del mundo.

El actual propietario del Hotel Ritz es el egipcio
Mohammed Al-Fayed, que adquirió el estable-
cimiento en 1979, haciendo realidad así uno de
los sueños de su infancia. Este nombre despierta inevitablemente el recuerdo del día 31 de
agosto de 1997. El hijo de Al-Fayed, *Dodi*, y la
princesa Diana de Gales pasaban juntos en el
Ritz las que serían las últimas horas de su vida.
Aquí se inició poco después de medianoche la
trágica persecución que terminaría con la
muerte de ambos en el túnel del Pont d'Alma
bajo el Sena.

*Para nostálgicos: una copa
en el Bar Hemingway*

*El que encuentre el Santo
Grial podrá permitirse esta*
suite

Ni rastro de orgías

El teniente Collet recibe órdenes de llevar a Robert Langdon ante sus superiores en el Louvre. El coche de policía recorre velozmente las calles, entra en los jardines de las Tullerías y se dirige directamente a la entrada del Louvre.

jardines de las **Tullerías**

En este momento nos damos cuenta de que el plano de París que tiene Dan Brown debe de ser diferente al nuestro, y así seguirá siendo el resto de la novela. Observamos que para ir del Hotel Ritz al Louvre no hay que pasar por la Ópera, que queda al norte del hotel. Los jardines de las Tullerías, sin embargo, están hacia el sur, a escasos minutos. Y nos preguntamos cómo es posible entrar en coche desde la Rue Castiglione a los jardines de las Tullerías, rodeados de una verja de unos cinco metros de altura, con escalones en las entradas.

Los jardines de las Tullerías se extienden a lo largo de la orilla del Sena desde el Louvre hasta la Place de la Concorde. En este lugar se encontraba antiguamente el palacio del soberano francés en la ciudad, que fue destruido en 1871. En la actualidad, una recta avenida, flanqueada a derecha e izquierda por cientos de estatuas, divide el magnífico parque en dos mitades. Es un lugar ideal para descansar un poco en uno de sus numerosos bancos.

En el lado este del parque se eleva un pequeño arco del triunfo, el llamado Arc du Triomphe du Carrousel. Desconocemos los supuestos "rituales orgiásticos" *(página 30 de El Código Da Vinci)* que se celebraban aquí. Sólo sabemos que Napoleón mandó construir este monumento entre 1806 y 1808 a imagen del Arco de Constantino en Roma. Como en su modelo romano, para su construcción se utilizaron mármoles de diferentes colores. Originariamente, el arco estaba coronado por unos caballos de bronce de la basílica de San Marcos en Venecia, que Napoleón se había traído como *souvenir* de batalla. Tras la derrota de Waterloo tuvo que devolverlos y fueron sustituidos por la copia que podemos contemplar todavía en la actualidad.

la **Pyramide**

En las fechas previas a su construcción se despertó una gran controversia al respecto, en particular por la desmesurada oposición de los espíritus más conservadores. Con el tiempo, la Pyramide ha sido bien aceptada y goza del aprecio de la mayor parte de los parisinos, que la consideran ya un nuevo símbolo de la capital francesa. Ven en esta construcción, como muy acertadamente formula Robert Langdon, "la deslumbrante fusión de las estructuras antiguas con los métodos modernos […] que acompañaba al Louvre en su viaje hacia el nuevo milenio" *(página 31)*. En 1983 el presidente francés François Miterrand decidió ampliar el Louvre e integrarlo mejor en la ciudad, sin por ello falsear el carácter histórico de la construcción. Con el traslado del Ministerio de Finanzas, que hasta entonces había ocupado el ala norte del edificio, la superficie de exposición se duplicó hasta alcanzar los 60.000 metros cuadrados. Debido a que la planta del edificio tiene forma de herradura, algunas salas quedaron alejadas entre sí casi dos kilómetros. El reto consistía pues en crear una entrada central que posibilitara el acceso común a las tres alas del museo.

El proyecto fue encomendado al prestigioso Ieoh Ming Pei, arquitecto de origen chino y nacionalidad estadounidense, que es el artífice del Museo de Historia de Berlín, entre otras grandes obras.

Junto a la pirámide de cristal, en la entrada principal del Louvre, Robert es recibido por el capitán Bezu Fache, al que sigue por la entrada subterránea que conduce a las salas de exposición.

El museo más famoso del mundo

El final de la arriesgada búsqueda

La aventura termina donde empezó: en el Louvre. Robert Langdon descubre aquí uno de los mayores misterios de la humanidad: el paradero del Santo Grial.

En París resolvió la tarea que le planteaban mediante la construcción de una pirámide de cristal que ocupa el centro de la Cour Napoléon, que antes se utilizaba como aparcamiento. La Pyramide proporciona luz a la zona subterránea de la entrada, mientras que en la superficie resulta visible a gran distancia. Esta construcción, de casi 22 metros de altura, consta de 673 placas de vidrio, según los datos que ofrece la página web del Museo del Louvre. Claro que la cifra 666, que es la que figura en la novela, resulta mucho más intrigante. Al principio, la limpieza de las placas corría a cargo de expertos escaladores, pero en la actualidad se realiza mediante un robot. La Pyramide Inversée, una enorme claraboya invertida, no está en la zona del museo propiamente dicha, sino en la galería comercial Carrousel du Louvre. Este pasaje anexo se extiende desde la entrada principal del museo hasta el Arc du Carrousel. Entre las numerosas tiendas se encuentra la del museo, Louvre-Shop, en la que pueden adquirirse libros, reproducciones y postales. Para facilitar su envío a los seres queridos, justo enfrente está la oficina de correos. El acceso puede realizarse por la Pyramide o directamente por una de las dos entradas que hay a derecha e izquierda del Arc du Carrousel. Esta segunda posibilidad es la más recomendable para evitar la larga cola que suele formarse en la entrada principal, y poder entrar desde aquí al Museo del Louvre. Los siete metros de altura (¿no sería mejor decir de profundidad?) de la Pyramide Inversée se encuentran en el centro de la plaza en la que se cruzan los pasos subterráneos que conducen al museo, las tiendas y algunos restaurantes. Justo debajo de su vértice hay una pequeña pirámide de piedra, de un metro aproximado de altura, y está tan cerca que sus vértices casi se tocan. La ocurrencia de Dan Brown resulta demasiado fantástica: según él, una tercera pirámide de cristal reflejada justo debajo de la pirámide de piedra formaría una cavidad en la que reposarían los restos de María Magdalena. En realidad no existe tal pieza subterránea, pues la pirámide de piedra descansa directamente sobre el suelo. Así que podemos renunciar a caer de rodillas como Robert Langdon y rezarle a la pirámide.

museo del **Louvre**

En el año 1200 existía en este lugar una fortaleza medieval que servía para defender la orilla del Sena de los enemigos normandos. Alrededor de 1370 el castillo fue transformado bajo los auspicios del emperador Carlos V en un palacio residencial. En los siglos siguientes casi todos los soberanos franceses acometieron obras de reforma y sobre todo de ampliación del Louvre. La disposición actual con tres alas data en su mayor parte del siglo XVII. Cuando Luis XIV trasladó la residencia real en el año 1682 a Versalles, las obras concluyeron momentáneamente. Un siglo después, Napoleón y, posteriormente, su sobrino Napoleón III retomaron los trabajos y terminaron la construcción. La última gran reforma comenzó en la década de 1980. El entonces presidente François Mitterrand inició el proyecto Grand Louvre, que dio lugar a la construcción de la Pyramide y a la apertura del ala Richelieu.

Desde hace más de doscientos años el Louvre está dedicado exclusivamente a albergar un museo. En el año 1793, poco después de la Revolución Francesa, los tesoros de los reyes, que se custodiaban en sus aposentos, fueron mostrados al público por primera vez. En la actualidad, la gente sigue acudiendo con entusiasmo a este lugar. Cada año, el museo más grande del mundo recibe la visita de casi seis millones de personas, de los que alrededor de dos tercios provienen del extranjero. Los fondos del museo cuentan con 300.000 piezas, de las cuales sólo la décima parte son accesibles al público. A pesar de las dimensiones del museo, muchos de sus tesoros han de permanecer guardados en los almacenes.

Las tres alas del edificio ostentan sus nombres en honor a Denon, Sully y Richelieu. A nosotros, para nuestra búsqueda, nos interesa sobre todo

En el ala Denon de la Grande Galerie yace el cadáver de Jacques Saunière, que poco antes de morir logró dejar un misterioso mensaje de despedida. Además de Robert Langdon, la joven criptógrafa Sophie Neveu hace su aparición en el lugar de los hechos. Ella es la nieta del asesinado. Con su ayuda, Robert podrá descifrar un mensaje que les llevará hasta la *Mona Lisa*.

La Pyramide Inversée también atrae a los visitantes

En la placa de cristal blindado que protege la *Mona Lisa,* el abuelo de Sophie ha dejado otro mensaje misterioso que les conduce a otra de las pinturas de Leonardo: *La Virgen de las Rocas.* Al aparecer de pronto uno de los vigilantes, ella amenaza con toda sangre fría con destrozar la pintura.

el ala Denon. Aquí se exponen obras de los maestros italianos de los siglos XVI y XVII. El hecho de que Saunière haya arrancado un *caravaggio* de la pared resulta más bien improbable. Los tres *caravaggio*s están bastante más atrás, hacia la parte central de la galería.

Se nos escapa la razón por la cual Dan Brown califica el suelo de madera como la "verdadera atracción" de esta sala *(página 45)*; no es más que un bonito suelo de tarima, ni más ni menos. Sin embargo, ni siquiera hace mención de las obras de arte que cuelgan de sus paredes. Tampoco es posible encontrar las rejas que servirían para atrapar a los potenciales ladrones. Desde abril de 2005 la obra más admirada del Louvre de París, la *Mona Lisa* de Leonardo da Vinci, se encuentra de nuevo en su antigua ubicación, la Salle de la Joconde. Esta sala ha estado en obras durante cuatro años gracias a una subvención de 4,8 millones de euros aportada por la cadena de televisión japonesa NTV. La sala tiene capacidad para acoger a 1.500 visitantes por hora; tres vigilantes se ocupan de mantener constantemente el orden en el flujo de personas, cosa por cierto muy necesaria.

La Grande Galerie, escenario de un asesinato

La sonrisa más enigmática del mundo

La Virgen de las Rocas: *su reverso tiene mayor valor*

Un cordón aleja a los admiradores más moles-tos. Protegida tras su cristal blindado, la *Mona Lisa* sonríe a los grupos de visitantes, que sue-len quedarse muy sorprendidos al comprobar lo pequeña que es: tan solo 77 centímetros de altura por 53 centímetros de anchura.

Pero no es el tamaño lo que importa, sino su poder de atracción. Cuando se contempla se tiene la impresión de que no es uno el que la mira, sino que es ella la que nos observa, pues parece seguirnos con la mirada.

La deducción que Robert realiza en la novela de este nombre resulta verdaderamente abstru-sa. El nombre *Mona Lisa* en absoluto tiene nada que ver con las deidades egipcias Amón e Isis. Es algo evidente, pues en vida de Leonardo el cuadro no tenía nombre, y en italiano hoy en día se sigue llamando *La Gioconda*. La identidad de la dama retratada sigue siendo un misterio. La que resulta más verídica es la teoría según la cual se trata de un retrato de Lisa, la esposa del noble florentino Francesco del Giocondo. El propio Leonardo la consideraba su obra maestra. La pintó entre 1503 y 1505, y se sentía tan hechiza-

musée du louvre
75058 París.
Horario: 9.00-18.00 todos
los días, hasta 21.45
miércoles y viernes
(martes cerrado).
Entrada: 8,50 €; a partir
de las 18.00, 6 €.
www.louvre.fr

do por ella que decidió conservarla y se negó a entregársela a su cliente. A Napoleón le gustaba tanto que, hasta ser desterrado, la pintura siempre estuvo en su alcoba. *La Virgen de las Rocas*, en contra de lo que se dice en la novela, no está en la Salle des États frente a la *Mona Lisa*.

Lo que hay aquí es el gran cuadro de Paolo Veronese *Las bodas de Caná*. El cuadro de Leonardo, por el contrario, se encuentra en la Grande Gallerie, en la pared de la izquierda. En el año 1483 el artista recibió el encargo de la Hermandad de la Inmaculada Concepción de pintar un cuadro para el altar de una iglesia en Milán. Pero como el cuadro no fue del agrado del cliente, tuvo que pintar una segunda versión, que en la actualidad puede verse en la National Gallery de Londres *(ver página 55 de este libro)*. Como acertadamente describe Dan Brown en la página 148, el cuadro tiene dos metros de altura y por lo tanto pesa mucho. ¿Cómo logró Sophie descolgarlo ella sola de la pared sin dañarlo?

Si Robert y Sophie hubieran tenido más tiempo… seguro que habrían ido a ver:

Aunque no sea obra de Leonardo, es muy hermosa: la Venus de Milo

Lo que está claro es que con una sola visita es imposible ver todas las obras expuestas. En siete secciones distintas, divididas en más de 200 salas, se atesoran los momentos estelares de la historia cultural europea de los últimos 2.500 años. Por ello, lo mejor es concentrarse en una o dos secciones, las que más le interesen. Si se tiene poco tiempo, además de las pinturas italianas del ala Denon, pueden verse la *Venus de Milo* (planta baja del ala Sully), el *Esclavo moribundo* de Miguel Ángel (planta baja del ala Denon) y las pinturas de Rubens, Rembrandt y Durero (2º piso del ala Richelieu). Si le interesa saber cuál era el aspecto original del Louvre, diríjase al entresuelo del ala Sully, donde pueden verse los muros originales de las torres y los pasadizos de la fortaleza medieval, que datan de 1200. La maqueta reproduce las magníficas torres de vigilancia de la fortaleza.

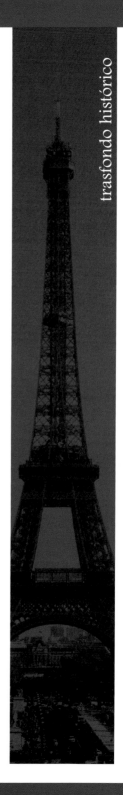

leonardo **Da Vinci**

La novela *El Código Da Vinci* plantea innumerables interrogantes sobre Leonardo da Vinci: ¿es cierto que ocultó mensajes secretos en sus cuadros? ¿Sabía realmente algo sobre el Santo Grial? ¿Pertenecía a una sociedad secreta? Hoy ya tenemos algunas respuestas: Leonardo era un genio universal, para el que el arte y la ciencia son inseparables. Fue un adelantado a su época con sus inventos, y la exactitud científica de sus bocetos anatómicos resulta absolutamente prodigiosa.

Leonardo da Vinci nació el 15 de abril de 1452 cerca del pueblo de Vinci, a unos 30 kilómetros de Florencia. Al contrario que Dan Brown, en lo sucesivo le llamaremos Leonardo, y no Da Vinci (que significa de Vinci) porque no es su verdadero apellido. Leonardo era hijo ilegítimo del próspero notario Ser Piero d'Antonio y de Caterina, una campesina. Creció al cuidado de su abuelo paterno en Vinci. Tras su muerte, Leonardo fue a vivir a Florencia con su padre, que supo apreciar enseguida las dotes artísticas del joven.

En el año 1469 Leonardo entró como aprendiz del pintor, escultor y orfebre florentino Andrea del Verrocchio. Además de pintura, aquí aprendió matemáticas, geometría y anatomía. Sus extraordinarias dotes artísticas hicieron de Leonardo el alumno favorito de Verrocchio. El maestro le otorgó toda su confianza y como prueba le hacía encargos de cada vez mayor responsabilidad. Entre otras cosas, Leonardo pintó un ángel en el cuadro de Verrocchio *Bautismo de Cristo* (1476), que se conserva en los Uffizzi de Florencia.

En el año 1476 fue acusado de sodomía (por entonces sinónimo de homosexualidad) con otros tres jóvenes, pero la acusación fue retirada. No obstante, hay algunos especialistas que opinan que Leonardo era homosexual; pero en cualquier caso, no era "abiertamente homosexual" *(página 64)*. En sus notas tampoco se encuentra ninguna alusión a sus tendencias sexuales.

Tras su formación, Leonardo permaneció durante algún tiempo con Verrocchio. Como testimonio de sus trabajos en Florencia se conservan algunos bocetos y estudios.

Alrededor de 1483 Leonardo se trasladó a Milán, donde le habían ofrecido un puesto en la corte del príncipe Ludovico Sforza; aquí se presentó como ingeniero, arquitecto, pintor, escultor e incluso músico. Además de algunos encargos de su señor, llenó sus cuadernos de notas con cálculos y bocetos de geometría, armas y anatomía humana. De esta época data también la primera versión de la pintura *La Virgen de las Rocas*.

Entre 1495 y 1498 pintó *La Última Cena* en el comedor del monasterio milanés de Santa Maria delle Grazie. La pintura, con unas dimensiones de 4,60 por 8,80 metros, ocupa toda la longitud de la pared. La perspectiva resulta engañosa, pues cada elemento del cuadro forma una línea imaginaria que llega directamente hasta la cabeza de Jesús. Debido a la mezcla experimental de óleo y témpera, el fresco mostraba ya en vida de Leonardo considerables daños sobre el desmoronado revoque, que

La Última Cena, *la famosa obra de Leonardo: ¿sólo un fresco o algo más?*

hicieron necesaria su continua reparación. La restauración general más reciente data de 1979.

Veinte años después, en mayo de 1999, el fresco fue expuesto de nuevo al público. Es necesario realizar una reserva anticipada para poder contemplarlo en la iglesia Santa Maria delle Grazie, en Milán. Cuando Milán fue conquistada por Francia, Leonardo regresó a Florencia, donde trabajó como ingeniero militar en el desarrollo de armas, entre ellas un tanque. Se supone que trabajó en la *Mona Lisa* entre 1503 y 1505, pero este periodo no puede precisarse con exactitud, por lo que otras fuentes lo datan en una fecha posterior. El propio Leonardo consideraba que era su obra maestra. Le gustaba tanto que decidió quedarse con ella y no entregársela a su cliente, si es que lo hubo. Siempre la llevaba consigo en sus viajes. Poco antes de su muerte la vendió en Francia al rey Francisco I.

El conservador del museo, Jacques Saunière, tomó el famoso estudio de las proporciones *El hombre de Vitruvio* como modelo para la puesta en escena de su mensaje de despedida.

Proviene del libro *De Divina Proportione*, que Leonardo publicó en colaboración con el matemático Luca Pacioli en 1509. Para ver el original, cuya reproducción figura en el dorso de las monedas italianas de 1 €, hay que ir a Venecia, a la Gallerie dell'Accademia.

En el año 1513 Leonardo aceptó la invitación del papa León X para acudir a Roma, donde en colaboración con sus aprendices pintó el cuadro *San Juan Bautista*, único trabajo que realizó por encargo del Vaticano. A este respecto, Dan Brown comete un flagrante error en la página 64 al afirmar que "Leonardo aceptó cientos de lucrativos encargos del Vaticano". Sin embargo, Leonardo pintó sólo diecisiete cuadros, cuatro de los cuales quedaron inconclusos. ¿Por qué el autor no consultó con su esposa, que es especialista en historia del arte?

Por invitación del rey Francisco I, Leonardo pasó los últimos años de su vida en Francia, en el castillo de Cloux, (hoy Clos-Lucé), cerca de Amboise. La mayor parte del tiempo se dedicaba a clasificar sus dibujos y cuadernos de notas. El genio murió el 2 de mayo de 1519, a la edad de 67 años.

Mientras Robert empieza a darse cuenta en el Louvre de que es sospechoso de asesinato, Silas, un monje albino que es el verdadero asesino de Jacques Saunière, busca la clave para revelar el enigma del Santo Grial. En la iglesia le recibe sor Sandrine, que desde el balcón del coro se queda observando con detalle los movimientos del misterioso visitante.

iglesia de **Saint-Sulpice**

Hasta hace dos años la iglesia de Saint-Sulpice, situada al sur del Sena, en el distrito 6, era conocida por los especialistas en música sacra por albergar el mayor órgano de Francia. La mayoría de los turistas que llegaban a París no mostraban ningún interés por esta iglesia, a pesar de ser la segunda en tamaño de la capital después de la catedral de Notre-Dame. Desde la publicación de la novela *El Código Da Vinci* todo es distinto, como predijo Dan Brown en su libro: "De todo el mundo acudían a Saint-Sulpice turistas, científicos, historiadores y no creyentes para admirar esa famosa línea" *(página 132)*. El padre Roumanet calcula que en el año 2004 alrededor de 30.000 personas visitaron su iglesia por este motivo, y él ha sabido reaccionar: ahora, cerca del obelisco, han colocado una placa que hace referencia directa a *El Código Da Vinci*. En francés y en inglés explica a los visitantes qué hay de realidad y qué de ficción.

Entre otros aspectos, aclara que la iglesia, como cuenta Dan Brown, no fue "construida sobre las ruinas de un antiguo templo dedicado a Isis" *(página 114)*, sino sobre las ruinas de una pequeña iglesia que databa del siglo IX. La planta es prácticamente idéntica a la de Nôtre-Dame, aunque unos metros más pequeña.

Una vez colocada la primera piedra en 1646, su construcción duró más de un siglo.

Los trabajos sufrieron continuas interrupciones, ya fuera por falta de dinero, por la muerte del constructor de turno o por culpa de la misma Revolución Francesa.

Un total de seis arquitectos intervinieron en el proyecto durante este tiempo, dejando cada uno de ellos su propia firma.

Célebre gracias a Dan Brown: Saint-Sulpice

El resultado es una variopinta mezcla de diversos estilos, y ése es el motivo por el que las dos torres son tan diferentes, incluso en altura.

Es fácil distinguir la franja metálica que en la novela se denomina La Línea Rosa, que va por delante del altar hasta el obelisco que sobresale en la pared izquierda. Silas cree que la clave se oculta en su base. ¿Qué es lo que pasa con esta línea? Dan Brown escribe que se trata de lo que él llama gnomon. Pero ¿qué es un gnomon en realidad? La placa de la iglesia nos ofrece la explicación: el gnomon es un instrumento astronómico instalado en el año 1743 bajo la supervisión del astrónomo Le Monnier.

La línea de metal sale en dirección norte sur desde el obelisco de mármol a lo largo del suelo. A través de un orificio en la ventana situada justo enfrente, en el lado sur, entra un rayo de sol que incide sobre la línea metálica a las doce en punto. Siempre que hiciera buen tiempo era sencillo determinar con exactitud el mediodía, que se comunicaba a los parisinos de inmediato mediante el tañido de las campanas. El gnomon también servía como calendario, que muestra los dos equinoccios. Un equinoccio es cualquiera de los dos momentos en el año en los que la duración del día y de la noche es exactamente la misma en todos los lugares del mundo. Entonces el rayo de sol asciende por el obelisco, llega a la esfera dorada y hace brillar la cruz. Este momento es muy importante para determinar cuándo comienza

"Hasta aquí llegarás, y no pasarás adelante"
(Job, 38,11)

El altar sin sor Sandrine y el monje albino

église saint-sulpice
33 Rue Saint-Sulpice,
75006 París.
Horario: 7.30-19.30
todos los días.

la Pascua, que desde el siglo IV, se celebra siempre el domingo después de la primera luna llena tras el equinoccio.

El padre Roumanet insiste en que las letras P y S que se aprecian sobre las ventanas en ambos extremos de la nave hacen referencia a los santos Pierre y Sulpice, y no al imaginario Prieuré de Sion (Priorato de Sión).

Los frescos oscuros y mates del pintor Delacroix que citan algunas guías pueden no resultarnos precisamente fascinantes después de haber estado en el Louvre. Lo que sí es impresionante es el órgano de 20 metros de altura, obra del constructor Aristide Cavaillé-Coll, que data del año 1862. Además de éste, en Europa sólo hay dos instrumentos de cien registros, uno en la catedral de Ulm y otro en la de Liverpool. Este órgano de increíble complejidad tiene cinco teclados manuales y pedales, por lo que resulta difícil imaginar cómo puede haber nadie capaz de tocarlo. Pero hay maestros que lo consiguen. Además de durante las misas, puede escucharse en los conciertos que se ofrecen cada mes. La entrada es gratuita.

Su sonido es tan grandioso como su aspecto: el órgano de Saint-Sulpice

el meridiano **Cero**

El meridiano cero es una línea imaginaria que va desde el Polo Norte hasta el Polo Sur. A partir de esta línea, hacia el este y el oeste, se establecieron los grados de longitud en que se divide la Tierra. Desde 1983 el meridiano cero pasa por Greenwich, al este de Londres. Pero no siempre fue así: alrededor del año 150 d.C. el geógrafo y astrónomo Ptolomeo lo había situado en el extremo occidental de la isla de El Hierro. Por entonces, esta isla canaria, que aún hoy se conoce como la Isla del Meridiano, era el punto conocido más occidental del *viejo* mundo. Durante más de 1.700 años, la isla se consideró el meridiano cero determinante para la navegación marítima. Sin embargo, a la vez existían otros muchos sistemas nacionales. En Francia el meridiano cero pasaba desde 1667 por París, definido por la línea central del Observatorio. Con el incremento del tráfico internacional se hizo necesario unificar los sistemas vigentes. El acuerdo no llegaría hasta la convención internacional celebrada en 1884 entre los Estados implicados, que acordaron utilizar el meridiano cero de Greenwich. Francia se abstuvo en la votación, y pasaron treinta años hasta que, aunque a regañadientes, renunció al suyo propio para utilizar el meridiano de Greenwich.

Uno de los acreedores del mérito de haber establecido el meridiano de París, que atravesaba Francia en dirección a España, fue el físico y astrónomo francés François Arago, director del Observatorio de París desde 1834. El artista holandés Jean Dibbets le dedicó un homenaje muy especial en el año 1995, señalando el meridiano de París mediante 135 medallones de bronce incrustados en el suelo sobre una línea imaginaria que atraviesa la capital. Once de éstos se encuentran en el Louvre y en la Cour Napoléon.

Por lo que se refiere a la línea metálica de la iglesia de Saint-Sulpice, está claro que transcurre en sentido norte sur con toda exactitud, pero no sobre el meridiano. Para conocer la ubicación exacta de las placas de bronce se puede consultar en internet www.amb-pays-bas.fr/fr/ambassade/pcz/arago.htm.

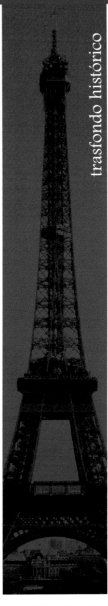

Uno de los 135 medallones de bronce

El lujo sigue caracterizando en la actualidad los Campos Elíseos

Robert y Sophie escapan del Louvre y huyen en el Smart de Sophie por la Rue de Rivoli y los Campos Elíseos hasta la Embajada de Estados Unidos. Robert confía en que allí le protejan de la policía francesa, hasta poder demostrar su inocencia.

avenida de los **Campos Elíseos**

Parece que Sophie no quería llevar a su nuevo amigo americano por el camino más corto hasta la Embajada de Estados Unidos, sino darle antes una alegría con un pequeño paseo por la ciudad. En lugar de seguir desde la Rue de Rivoli por la Place de la Concorde directamente hacia la Avenue Gabriel, en cuyo número 2 se encuentra la Embajada, Sophie decide seguir por la avenida de los Campos Elíseos.

¿Y por qué no? Al fin y al cabo, este bulevar de dos kilómetros de longitud, que va desde la Place de la Concorde hasta el Arco de Triunfo, está considerado como una de las avenidas más grandiosas del mundo.

El nombre Champs-Elysées (Campos Elíseos) proviene de la mitología griega; el Elyseum era un paraíso en el que moraban los héroes escogidos para adquirir la inmortalidad. Es un nombre lleno de nobleza. Originariamente, los Campos Elíseos– que recibieron este nombre en 1709– eran una prolongación de los jardines de las Tullerías, como una avenida en las afueras de la ciudad. Hasta principios del siglo XIX este barrio representaba la encarnación del lujo y del *glamour:* se construyeron magníficos edificios, cafés y teatros, y por sus aceras paseaban los más bellos y los más ricos.

Este lujo se mantuvo hasta la década de 1980, en que atraídos por la afluencia de turistas, en la zona del Arco de Triunfo comenzaron a abrirse cada vez más restaurantes de comida rápida, concesionarios de coches y tiendas de recuerdos turísticos.

La mayoría de los diseñadores más destacados huyeron hacia las calles adyacentes, donde se ubican hoy sus tiendas.

A principios de la década de 1990 el presidente Jacques Chirac se propuso devolver a esta gran calle su antiguo esplendor.

Y lo logró: las aceras se ampliaron con un nuevo empedrado, se plantaron plataneros y se colocaron bancos, quioscos y cabinas telefónicas de estilo *belle époque*. En la actualidad vuelve a ser un placer sentarse en una de las numerosas terrazas de sus cafés para ver pasar a la gente. Desde 1919 se conmemora año tras año la Fiesta Nacional francesa, el 14 de julio, con un pomposo desfile militar. Aquí se celebran también otros grandes acontecimientos que conmueven a la nación entera. Cuando la selección francesa ganó el Campeonato Mundial de Fútbol en 1998 se reunieron aquí más de un millón de aficionados para celebrar la victoria. Desde el cambio de milenio, la avenida se cierra al tráfico rodado la noche de Fin de Año para que miles de personas puedan dar la bienvenida al Año Nuevo cantando el clásico tema de Joe Dassin *Les Champs-Elysées*.

La vista desde la Place de la Concorde alcanza hasta el Arco de Triunfo

Si Robert y Sophie hubieran tenido más tiempo… seguro que habrían ido a ver:

place de la **Concorde**

Los que hayan recorrido antes la Ruta de *Ángeles y Demonios* por Roma sentirán un *déjà-vu* al llegar aquí. Los demás se sentirán impresionados por la Place de la Concorde, situada al este, en uno de los extremos de los Campos Elíseos. No sólo porque ésta es la plaza más grande de París, sino más bien porque en su centro se eleva majestuoso un obelisco de 3.300 años de antigüedad, procedente del templo de Ramsés, en Luxor. Las dos grandes fuentes adornadas con estatuas imitan las de la plaza de San Pedro de Roma. No, Bernini no tuvo aquí nada que ver *(véase el capítulo Ruta de Ángeles y Demonios en Roma)*.

No cabe duda de que esta plaza en la actualidad es mucho más bonita que en tiempos de la Revolución Francesa, cuando fueron decapitados en la guillotina, aquí instalada, el rey Luis XVI, su esposa María Antonieta, Robespierre, Danton y otras 1.200 personas.

rue du faubourg **Saint-Honoré**

Si puede permitirse alojarse en el Ritz, como Robert Langdon, la Rue du Faubourg Saint-Honoré será su destino ideal para ir de compras. Aunque también es divertido mirar desde la calle los escaparates de los mejores diseñadores y soñar despierto. Aquí se reúnen los grandes nombres del mundo de la moda: Dior, Versace, Jean-Paul Gaultier y Lagerfeld, por nombrar a algunos.

Hay otro vecino famoso en esta calle: Jacques Chirac, el presidente de la República francesa, cuya residencia, estrechamente vigilada, se encuentra en el número 55 de esta calle, en el Palacio del Elíseo. Por motivos de seguridad, al pasar por delante de este edifico los viandantes deben cruzar a la otra acera.

Llegado de muy lejos: el obelisco de Luxor

arco de **Triunfo**

place charles-de-gaulle
75008 París.
Horario del mirador del
Arco de Triunfo: abril-
septiembre 10.00-23.00
todos los días; octubre-
marzo 10.00-22.30 todos
los días.
Entrada: 7 €, reducida
4,50 €.

En el extremo opuesto de los Campos Elíseos, en la Place de l'Étoile (en la actualidad se llama oficialmente Place Charles de Gaulle), se encuentra el Arc de Triomphe (Arco de Triunfo), uno de los símbolos de París. Aquí confluye en una rotonda el tráfico de un total de doce avenidas que forman una estrella: una verdadera pesadilla para el conductor forastero, pero Sophie se conoce el terreno a la perfección. Mucha gente ha visto este monumento erigido en memoria de Napoleón porque todos los años termina aquí, ante el júbilo de miles de espectadores, la carrera ciclista más dura de todo el mundo, el Tour de Francia. Existe la posibilidad de ascender a lo alto de este monumento. Desde el mirador, situado a más de 50 metros de altura, se disfruta de unas impresionantes vistas de París.

gare **Saint-Lazare**

La estación de Saint-Lazare es la más antigua de las seis que hay en París. Fue construida en 1837 un poco más al norte, pero cinco años después se levantó para ser instalada definitivamente en su actual ubicación. La estación se hizo muy conocida gracias a las pinturas del impresionista Claude Monet. En los años 1876 y 1877 creó su serie *Gare Saint-Lazare*, que consta de doce cuadros, uno de los cuales puede admirarse hoy en el Musée d'Orsay. Por lo demás no hay nada digno de ser mencionado. Es una estación como otra cualquiera, en la que se puede ver gente con prisa y un par de tiendas. Lo que no se puede hacer es sacar un billete para Lille, pues desde esta estación los trenes salen en dirección a Normandía. Si se quiere ir a Lille hay que salir de otra estación, en concreto de la Gare du Nord. No es de extrañar que el capitán Bezu sospeche enseguida de que se trata de una artimaña.

La Embajada estadounidense había sido bloqueada por la policía francesa. A Sophie se le ocurre una idea para poner a la policía sobre una pista falsa y se dirige a la estación Saint-Lazare.

¿Tren con destino a Lille?
Imposible

Para confundir a sus perseguidores, Sophie aparca el coche delante de la estación, compra dos billetes para Lille y coge un taxi con Robert. Durante el trayecto examinan la llave que el abuelo de Sophie dejó escondida detrás del cuadro de Leonardo *La Virgen de las rocas*. De pronto se dan cuenta de que en el reverso lleva escrita una dirección visible sólo a la luz ultravioleta: 24 Rue Haxo.

rue **Haxo**

La Rue Haxo existe, pero no está cerca de las pistas de tenis de Roland Garros. En realidad se halla al este de París, en el distrito 20, y no es una zona de oficinas, como la describe Dan Brown en *El Código Da Vinci*, sino un barrio multicultural de trabajadores en el que no hay bancos. El Banco de Depósitos de Zúrich también existe, pero sólo en la red: www.randomhouse.com/cgi-bin/ robertlangdon/dbz.cgi. Su página web forma parte de un juego de internet, una original idea de *marketing* desarrollada por la editorial americana de Dan Brown que lo describe como un "banco de cajas fuertes". Sería interesante saber cuántos admiradores de Dan Brown han ido en taxi hasta la Rue Haxo y se han llevado una gran sorpresa…

Si Robert y Sophie hubieran tenido más tiempo... *seguro que habrían ido a ver:*

printemps y **Galeries Lafayette**

Al volver la esquina de la estación nos encontramos con el Boulevard Haussmann, donde se ubican los famosos centros comerciales Printemps y Galeries Lafayette. Si le gusta ir de compras podrá pasar un buen rato por aquí, pues en estos preciosos establecimientos de estilo modernista se puede encontrar de todo, ya sea ropa de diseño, zapatos o trajes de noche. No hay que olvidar el departamento de perfumería de Galeries Lafayette, considerado el mayor del mundo. Si no quiere gastar dinero, puede disfrutar contemplando los colores de la magnífica cúpula de cristal situada a setenta metros de altura. En cualquier caso, no debe dejar de visitar la terraza, que ofrece unas magníficas vistas sobre los tejados de París.

En la caja fuerte del Banco de Depósitos de Zúrich, Robert y Sophie encuentran una caja de madera que contiene un curioso objeto: un criptex. Como no pueden abrirlo, van en busca de la ayuda de sir Leigh Teabing. Escondidos en un furgón blindado, se dirigen al magnífico Château Villette, donde reside Teabing.

galeries lafayette
40 Boulevard Haussmann.
Horario: 9.30-19.30
lunes-sábado, hasta las
21.00 jueves.

printemps
64 Boulevard Haussmann.
Horario: 9.35-19.00
lunes-sábado, hasta las
22.00 jueves.

Los mejores productos bajo una preciosa cúpula: Galeries Lafayette

En la caja fuerte del Banco de Depósitos de Zúrich, Robert y Sophie encuentran una caja de madera que contiene un curioso objeto: un criptex. Como no pueden abrirlo, van en busca de la ayuda de sir Leigh Teabing. Escondidos en un furgón blindado, se dirigen al magnífico Château de Villette, donde reside Teabing.

château de **Villette**

El magnífico Château de Villette ocupa una extensión de 75 hectáreas y está situado a unos 40 kilómetros al noroeste de París, cerca del palacio de Versalles. Fue proyectado y construido por François Mansart, y terminado por su sobrino segundo alrededor de 1696, que no era otro que Jules Hardouin Mansart, el mejor arquitecto de París en su época. André le Nôtre diseñó el amplio jardín con sus dos lagos y diversas fuentes.

No se puede llegar en coche y entrar a visitarlo sin más. El Château es propiedad de la americana Olivia Hsu Decker. Cuando no está en casa, suele trabajar en Belvedere, California, como agente de la propiedad inmobiliaria para clientes, en su mayoría, muy importantes y con un gusto tan exquisito como el de ella: André Agassi, Cher, Eddie Murphy o Sharon Stone. La americana compró el palacio en el año 1999 y enseguida lo mandó reformar y decorar con valioso mobiliario antiguo.

El Château puede alquilarse por días o semanas. Ha sido escenario del rodaje de varias películas, como *El conde de Montecristo*, con

El criptex está situado debajo de este sofá

Gérard Depardieu. Para el rodaje de ciertas escenas de *El Código Da Vinci* también se han utilizado los escenarios originales. No fue necesario modificar muchas cosas, pues Dan Brown ha descrito en su libro el escenario de la acción con bastante fidelidad al original.

Existe el salón con diván renacentista de terciopelo, bajo el cual Robert esconde la caja con el criptex; también el edificio anejo donde el maestro acecha a su víctima. Y convertir la sala de baile en el despacho de Leigh Teabing y colgar de la pared una reproducción de *La Última Cena* no es sólo una legítima licencia del escritor, sino que no debe suponer una gran complicación para los técnicos cinematográficos.

Aunque no se llame Tom Hanks y no encarne el papel protagonista de Robert Langdon, también usted puede alojarse aquí. Hay un total de dieciocho elegantes habitaciones con baño a disposición de los clientes adinerados de todo el mundo. Existe una oferta especialmente indicada para los fans de *El Código Da Vinci*, cuyo programa consta de cinco noches en habitación de lujo, comidas, un *lunch* en el Hotel Ritz de París, visita al Museo del Louvre, a la iglesia Saint-Sulpice, al Bois de Bologne y a los Campos Elíseos, así como la participación en un coloquio con un historiador. El precio del paquete oscila entre 3.900 y 4.300 €.

A partir de 2006 la oferta podrá reservarse también para tres noches.

www.frenchvacation.com
olivia@frenchvacation.com
Tel. 001 (415) 1600

Ruta a pie por **París**

La ruta recomendada no recorre los escenarios de *El Código Da Vinci* conforme a su aparición en la novela, sino según su ubicación real. No olvide que a ambos lados de la ruta hay otros lugares interesantes.

La ruta comienza, como la novela, en el HOTEL RITZ. De momento renunciamos a tomarnos un cóctel en el Bar Hemingway y en su lugar nos disponemos a visitar la PLACE VENDÔME. Seguimos la Rue de Castiglione, cruzamos la Rue de Rivoli y por la puerta de hierro abierta entramos en los JARDINES DE LAS TULLERÍAS. Desde la mitad del camino disfrutamos de un fantástico panorama, ya que se trata de la zona histórica de París. A la derecha, pueden verse los Campos Elíseos hasta el Arco de Triunfo. Al otro lado, distinguimos ya la Pyramide, hacia la que nos dirigiremos. Desde el ARC DE TRIOMPHE DU CARROUSEL ya podemos hacernos una idea de lo larga que es la cola ante la pirámide, y decidir si nos ponemos a esperar aquí o utilizamos uno de los dos accesos al Louvre que hay a ambos lados del arco. Da igual el camino que escojamos, llegaremos al enorme complejo subterráneo que se encuentra bajo el museo.

Antes de ir a visitar la *Mona Lisa* haremos una pequeña escapada por el pasaje comercial Carrousel du Louvre para ver en el cruce la PYRAMIDE INVERSÉE. Sin tener que arrodillarnos delante, regresamos a la zona de entrada al museo para hacernos con un plano. Bien equipados y llenos de emoción, entramos en el ALA DENON.

De camino hacia el primer piso nos toparemos con la escultura de 'LA VICTORIA DE SAMOTRACIA', que resulta impresionante incluso sin cabeza. Un par de escalones más y estaremos en el escenario del crimen: la GRANDE GALERIE. Seguiremos por el largo pasillo, siempre hacia delante, hasta que aparece la entrada de la Salle de la Joconde. Y aquí está, tan pequeña, ella sola en una enorme pared: la 'MONA LISA'. Si podemos ver el cuadro desde la entrada habremos tenido suerte, pues el gentío que se agolpa delante suele ser enorme. Pero antes o después lograremos llegar y contemplaremos con profunda veneración sus inescrutables ojos. Pero, ojo, no utilicen la linterna de rayos ultravioletas. Después nos damos la vuelta y buscamos 'LA VIRGEN DE LAS ROCAS', un cuadro que también suele estar rodeado por los visitantes.

Saldremos del Louvre por la salida principal. Cruzaremos por el PONT DU CARROUSEL hasta la orilla opuesta del Sena. Cuidado, el peligro acecha: un poco más al este, los llamados *bouquinistes*, los libreros, tienen sus puestos a lo largo de cuatro kilómetros a orillas del Sena. Para los lectores empedernidos es una tentación irresistible ponerse a revolver en las cajas a la búsqueda de piezas bellas, originales o antiguas y olvidarse por completo del objetivo de nuestra ruta. Pero nos mantenemos firmes y torcemos a la derecha en la RUE BONAPARTE. En la parte baja de la calle y en las calles adyacentes hay muchas galerías, mientras que en la parte alta abundan las *boutiques*.

Nuestro camino nos lleva hasta la PLACE SAINT-GERMAIN-DES-PRÉS, donde está la iglesia del mismo nombre. Aquí se encuentran los cafés tradicionales, como Les Deux Magots, Café de Flore y, al otro lado de la calle, la Brasserie Lipp, en la que las celebridades del cine, la economía y la política suelen degustar las especialidades de la cocina casera alsaciana.

Después de cruzar el amplio Boulevard Saint-Germain, seguimos por la Rue Bonaparte. Si nos

Souvenirs, souvenirs…

encontramos con algún monje albino será mejor que lo evitemos. Hacia la izquierda veremos un poco después la plaza que está frente a la iglesia SAINT-SULPICE.

Tras visitar la iglesia, y descansar un poco si hace falta en alguno de los bancos que bordean la fuente, seguiremos por la Rue du Vieux Colombier, torcemos por la segunda calle a la izquierda, Rue de Rennes, y enseguida veremos el letrero de la estación de metro Saint-Sulpice. Nuestra siguiente parada está demasiado lejos como para ir a pie, así que cogemos la LÍNEA 4 del metro en dirección Porte de Clignancourt.

Hay que hacer un trasbordo en la estation Châtelet para coger la línea 1 del metro en dirección Grand Arche de La Défense y seguir hasta la estación Charles de Gaulle-Étoile.

La vista del Arco de Triunfo es impresionante. Si quierc puede subir a la plataforma superior para observar desde aquí el camino que tomaremos a continuación. Despúes seguiremos bajando por los CAMPOS ELÍSEOS.

Iremos por la acera izquierda, más animada, mirando las tiendas: Cartier, Mont Blanc, Louis Vuitton, nombres que nos resultan conocidos.

No hay que perderse SEPHORA, (nº 70-72), la perfumería por antonomasia. Es un verdadero paraíso de aromas y colores que se extiende hasta el fondo del gigantesco local, con una oferta

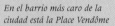

En el barrio más caro de la ciudad está la Place Vendôme

inacabable. Y el horario también lo es: de 10.00 a
24.00 todos los días. Como curiosidad diremos
que la enorme filial de
MacDonalds (en el nº 84) tiene capacidad para
550 clientes.

Durante el camino a lo largo de los CAMPOS
ELÍSEOS el obelisco nos permite orientarnos
para alcanzar nuestra nueva etapa: la amplia
PLACE DE LA CONCORDE, a la que llegamos
incansables. Mirando desde la plaza en dirección
al Arco de Triunfo, en la esquina derecha al principio de la Avenue Gabriel se sitúa la EMBAJA-
DA DE ESTADOS UNIDOS. Aunque Robert
Langdon no se haya fugado, se encuentra muy
bien vigilada. Está estrictamente prohibido sacar
fotos del edificio.

Si le apetece puede subir un poco por la Rue
Boissy d'Anglais. La siguiente calle que cruza es
la RUE DU FAUBOURG SAINT-HONORÉ, con
sus exclusivas tiendas de diseñadores. Los que
sean indulgentes con sus pies, pueden bajar a la
estación de metro Concorde y coger la LÍNEA 12
en dirección Porte de la Chapelle. La segunda
parada es la GARE SAINT-LAZARE. No hay que
hacerse grandes ilusiones: no es más que una
estación. Aquí termina nuestra ruta por los
escenarios de la novela *El Código Da Vinci*. Si le
apetece ir de compras, a espaldas de la estación
puede coger la Rue du Havre y torcer a la
izquierda en el transitado Boulevard Haussmann,
donde encontrará los grandes almacenes PRIN-
TEMPS (en el nº 64) y GALERIES LAFAYETTE
(en el nº 40).

Rutas organizadas por **París**

city walks **of Paris**

La agencia City Walks of Paris organiza desde 1999 visitas guiadas por la ciudad, y se denomina a sí misma como la primera agencia de habla inglesa en París. El Da Vinci Code Tour tiene lugar todos los días, excepto los martes, a las 10.00, y cuesta 25 € por persona. La visita recorre la Place Vendôme hasta la Pyramide, el Louvre con la Grande Galerie y la *Mona Lisa* y el barrio de Saint-Germain-des-Prés con la iglesia de Saint-Sulpice.

paris **Photo Tours**

Una interesante oferta para los aficionados a la fotografía es la ruta fotográfica por los escenarios de la novela *El Código Da Vinci*. Las fotógrafas Linda Mathieu y Christiane Michels ofrecen diferentes rutas por París y expertos consejos para obtener las mejores instantáneas. Es preferible que los participantes tengan una cierta habilidad con el manejo de su equipo.
Lo ideal es formar pequeños grupos con un máximo de ocho personas, pero también ofrecen rutas individuales. El precio depende de la duración y del número de asistentes. Puede solicitar un presupuesto individual a su medida.

paris **Muse**

La ruta de Paris Muse, de dos horas de duración, se concentra exclusivamente en los escenarios de *El Código Da Vinci* y las obras de arte más relevantes del Louvre.

paris **International**

Con más de 100 empleados, esta agencia puede que sea la mayor organización de este tipo en París. El precio de las visitas no se fija por persona sino por grupo. La ruta de *El Código Da Vinci*, de cuatro horas de duración, cuesta 400 €. El recorrido puede hacerse también en coche, con un precio de 1.066 €. A los grupos se pueden unir otras personas a un precio de 100 €. Las visitas por el momento se ofrecen tan sólo en inglés.

the **French Side**

Barbara Pasquet James ha escogido un camino completamente diferente; esta periodista y consultora políglota ofrece un taller coloquio sobre *El Código Da Vinci*. La cita es en el Hotel Ritz para tomar el té y charlar sobre sociedades secretas, la Línea Rosa, símbolos medievales y otros interesantes temas afines. El precio del seminario de dos horas es de 150 € por grupo de hasta tres personas y 50 € por cada participante extra. La consumición no está incluida.

reservas telefónicas
0033 156581053
o en internet,
www.citywalksofparis.com

información
www.parisphototours.com
Tel. 0033 1448380

información
y reservas en internet,
www.parismuse.com

información
en internet,
www.paris-toursguides.com

más información
www.thefrenchside.com
Los guías de habla inglesa son especialistas en historia del arte que viven y trabajan en París.
La ruta Craking The Da Vinci Code comenzó a ofrecerse en enero de 2005 y tiene ya muchos adeptos.
El paseo de dos horas y media de duración se concentra en la vida de Leonardo, la historia de María Magdalena y la feminidad divina.
Precios: 110 € por persona, 95 € por persona en grupo de dos a cuatro participantes.

cómo llegar a parís

en **Tren**

Renfe dispone de trenes diarios que enlazan las ciudades de Madrid y Barcelona con París. Los trenes procedentes de españa llegan a la Gare d'Austerlitz.

en **Avión**

Desde España, Iberia, Air France, Spanair y Air Europa operan vuelos a París. Varias aerolíneas de bajo precio, como Easyjet, Vueling y Ryanair, vuelan desde diferentes ciudades españolas. También se pueden consultar las ofertas que aparecen en internet.

en **Autobús**

La compañía Eurolines pone en circulación autobuses desde diferentes ciudades europeas con destino a la capital de Francia. Alsa también dispone de autobuses con rumbo a París.

en **Coche**

Los pasos fronterizos más frecuentados para llegar a París desde España son Irún-Hendaya (País Vasco) y La Jonquera (Cataluña). París está rodeada por una carretera de circunvalación denominada Périphérique. Todas las autopistas que discurren hacia la capital francesa enlazan con dicha circunvalación.

del aeropuerto a la **Ciudad**

Los trayectos en taxi desde el aeropuerto hasta el centro de la ciudad son bastante caros, a partir de 36 € desde Charles de Gaulle y de 35 € desde Orly, siempre que el tráfico sea fluido. Resulta mucho más barato y rápido utilizar los medios de transporte público. Encontrará toda la información actualizada en la página web de los aeropuertos de París (www.adp.fr).

aeropuerto de **Charles de Gaulle**

La forma más rápida para llegar al centro es en tren. La línea rápida RER B circula entre la estación del aeropuerto, en la terminal 2, y la estación Gare du Nord y otras estaciones todos los días entre las 5.00 y las 24.00, con un intervalo de 15 minutos.

La línea 2 de los autobuses de Air France transporta a los viajeros desde las 5.45 a las 23.00 cada 15 minutos y llega hasta la Place de L'Étoile. Salen de la terminal 2 y el precio es de 10 €. Si su destino está al sur de la ciudad debe coger la línea 4. Por 11,50 € llegará a las estaciones de Montparnasse o Invalides. Estos autobuses circulan de 7.00 a 21.30. Además, está el Roissy bus, que tarda 45 minutos hasta la Ópera y sale cada 15-20 minutos entre las 5.45 y las 23.00 y vale 8,20 €.

aeropuerto de **Orly**

Orly tiene una estación conectada mediante líneas férreas rápidas RER con el centro de París. Desde el aeropuerto se llega con la lanzadera hasta la estación, donde se coge el RER C, que tiene varios destinos dentro de la ciudad. El trayecto dura 25 minutos y el precio es de 5,5 €. El tren circula de 6.00 a 23.00 cada 15 minutos.

Además hay varias líneas de autobuses; por ejemplo se puede ir con el Air France Bus desde Orly a la estación Montparnasse (entre 6.00 y 23.00 cada 12 minutos, 7,70 €) o con el económico Orly-Bus hasta la estación Denfert-Rochere (entre 5.35 y 23.00, cada 15-20 minutos, 5,70 €). Una alternativa rápida es el Jetbus, que va desde Orly hasta la estación de metro Villejuif-Louis Aragon, donde conecta con la línea de metro 7 (entre 6.23 y 22.50, cada 15 minutos, 5,15 €).

Los símbolos de los Caballeros Templarios

RUTA DE EL 'CÓDIGO DA VINCI' EN LONDRES

fleet **Street**

Fleet Street debe su nombre al río Fleet, el mayor río subterráneo de Londres, que nace en la región de Hampstead Heath al norte de Londres y desemboca en el Támesis bajo el puente Blackfriars.

Fleet Street fue en su día sinónimo del mundo de la prensa en Inglaterra. En el año 1702 se instaló en esta calle el primer diario de Londres, *The Daily Courant*. Su ubicación, entre la City y el barrio gubernamental de Wetsminster, resultaba ideal para los periodistas, por lo que a lo largo del tiempo se fueron emplazando aquí más y más redacciones de periódicos. Hasta finales del siglo XX, Fleet Street siguió siendo el corazón de la prensa británica.

Poco a poco, las editoriales y las imprentas se fueron trasladando a los Docklands, una zona más económica, y las antiguas editoriales pasaron a ser edificios de oficinas. Algunos edificios permanecen vacíos, como la antigua sede del *Daily Express*. La arquitectura de cristal negro y elementos cromados de este precioso edificio de estilo *art déco*, que data de la década de 1930, mantiene vivo el recuerdo de una época pasada.

En el punto donde Fleet Street desemboca en el Strand se encuentra un dragón alado en medio de la calzada; marca la frontera oficial entre Westminster y la City de Londres. Originariamente aquí había un arco, obra de sir Christopher Wren, el Temple Bar. A finales del siglo XIX el tráfico se intensificó de tal manera que se tuvo que ensanchar la calle. Se desmontó el arco, no sin antes numerar cada una de

Robert Langdon y Sophie logran escapar de la policía francesa en el *jet* privado de Teabing, atravesar el canal de la Mancha y aterrizar en el Biggin Hill de Londres, un aeropuerto privado para ejecutivos, situado a unos 20 kilómetros al sureste de Londres. Durante el vuelo logran abrir el criptex. Pero en lugar de hallar la solución, encuentran otro criptex con una nueva adivinanza. Teabing cree reconocer una referencia a la iglesia del Temple, cerca de Fleet Street.

Art déco: *el edificio del* Daily Express

sus piedras. Un propietario privado compró las piedras y lo mandó reconstruir en su finca. Pero con el tiempo regresó a Londres: en noviembre de 2004 encontró su actual emplazamiento en la Paternoster Square, cerca de la catedral de St. Paul.

Si Robert y Sophie hubieran tenido más tiempo... seguro que habrían ido a ver:

ye olde **Cheshire Cheese**

145 fleet street
Wine Office Court,
145 Fleet Street
Londres EC4A 2BU.
Tel. 0044 20 7353 6170.
Horario del bar:
11.30-23.00 lunes-sábado,
12.00-15.00 domingo.

Merece la pena visitar el *pub* más antiguo de Londres, Ye Olde Cheshire Cheese. "Reformado en 1667" reza el cartel que cuelga ante su puerta. Ya en 1538 había aquí un *pub* que fue pasto de las llamas en el Gran Incendio de 1666. Junto a la entrada hay un tablero con los nombres de los dieciséis monarcas que han ocupado el trono de Inglaterra desde su reconstrucción. El local está decorado con maderas oscuras y está lleno de acogedores rincones. Mark Twain y Charles Dickens se tomaron en su interior alguna que otra cerveza, al calor de la chimenea. Se cree que aquí no ha cambiado casi nada desde entonces.

Aquí se sirve la cerveza ale *desde 1538*

royal courts of **Justice**

Royal Courts of Justice es el mayor tribunal civil de Inglatrra. El impresionante edificio parece más antiguo de lo que en realidad es, pues fue inaugurado en 1882 por la reina Victoria. Los visitantes tienen acceso a las 88 salas, a las que pueden entrar y salir a voluntad. De todas formas hay que hacerlo de manera discreta, ya que el juez no puede ser interrumpido mientras dicta su veredicto. La cuestión es si en realidad es tan interesante presenciar la sentencia de divorcio de unos perfectos desconocidos, porque los casos criminales emocionantes de verdad son vistos en Old Bailey.

El escenario de la Guerra de las Rosas

iglesia del **Temple**

Al torcer por una de las pequeñas calles que dan a Fleet Street nos encontramos de repente en otro mundo. La tranquilidad que reina en el pequeño barrio de Temple es un verdadero remanso de paz comparado con el tremendo tráfico de Londres. Las gentes del cine y la televisión conocen el encanto de estas calles desde hace tiempo, donde suelen rodar, sobre todo por las tardes y durante el fin de semana. Desde el siglo XIII aquí se encuentra el cuartel general de los juristas más renombrados de Inglaterra. Temple posee dos de los cuatro Inns of Court (colegios de abogados) que hay en Londres: Middle Temple e Inner Temple.
El sistema jurídico sajón diferencia dos tipos de abogados.
El *solicitor* es normalmente el primer contacto para aquel que necesita asistencia jurídica. Se ocupa de asesorar a su cliente y preparar el proceso, pero no suele comparecer como defensor más que ante los tribunales inferiores. Al comenzar el proceso el caso pasa a manos de un *barrister*. Éste no suele mantener contacto directo con el cliente, sino que recibe el expediente

royal courts of justice
Strand, Londres, W.C.2. Horario: 9.30-16.30 lunes-viernes, prohibida la entrada con cámaras.

Robert se baja del Jaguar en Inner Temple Lane, acompañado de Sophie y Teabing. Tras atravesar una maraña de edificios llegan a la iglesia del Temple, donde sospechan que está el "caballero enterrado por un Papa" *(página 424 de El Código Da Vinci)*

Inner Temple: hogar de muchos juristas

temple church

Temple, Londres EC4Y 7B
Horario: en general
10.00-16.00 miércoles-
domingo, pero los
horarios suelen variar
con frecuencia.
Para evitar encontrarse
las puertas cerradas al
llegar, puede preguntar
antes al sacristán
Brian Nicholson:
Tel. 0044 (20) 7353 3470,
verger@templechurch.com

del *solicitor*, defiende el caso ante el juez, se ocupa de los interrogatorios y presenta el informe de la defensa. Son los señores con peluca y toga que vemos en las películas. Según una antigua tradición, cuando se pretende actuar como *barrister* ante los tribunales de Inglaterra es necesario hacerse miembro de uno de los cuatro Inns of Court. Se trata de comunidades cerradas con aulas para seminarios, bibliotecas y una sala que hace las funciones de centro social y de comedor. En muchos edificios llaman la atención las grandes placas en las que figura una interminable lista de nombres. Para no llegar tarde a los tribunales, las vísperas de la vista los abogados habitualmente se alojan y duermen aquí.

Éste era el cuartel general de los Caballeros Templarios, cuyo nombre deriva de Temple. La iglesia del Temple es el edificio más antiguo de la zona, y se comenzó a construir en el año 1160. La nave redonda se levantó a semejanza del Santo Sepulcro de Jerusalén, y no tiene nada que ver "con un estilo arquitectónico totalmente pagano, como el panteón" *(página 419 de El Código Da Vinci)*. Al terminar las obras, en el año 1185, fue consagrada por el patriarca

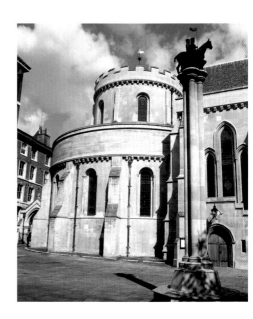

Casi 900 años de secretos sin resolver

No hay ningún "caballero enterrado por un Papa"

de Jerusalén. La zona cuadrada del altar fue añadida a mediados del siglo XIII.

Una vez disuelta la Orden del Temple, a principios del siglo XIV, el rey inglés asumió la soberanía de toda la zona y la cedió en arrendamiento a los dos Inns of Courts, a los que se concedió su derecho de usufructo perpetuo en el año 1608. En la noche del 10 de mayo de 1941 (no 1940, como dice Dan Brown) la iglesia resultó seriamente dañada por las bombas incendiarias de la Luftwaffe. Desde la techumbre de la nave redonda las llamas se propagaron con tanta rapidez que terminaron por destruir toda la estructura de madera del interior.

La reconstrucción duró mucho tiempo; hasta marzo de 1954 la iglesia no pudo ser consagrada de nuevo.

No falta ningún caballero; más bien sobra uno.

Los caballeros de piedra que yacen en la nave también sufrieron desperfectos durante el bombardeo. Como les explica el monaguillo a los protagonistas de la novela *El Código Da Vinci*, no se trata de tumbas, sino de cenotafios, efigies de piedra de difuntos reales enterrados en otra parte. Evidentemente, tampoco falta ningún caballero. Nunca hubo más de nueve caballeros, la décima lápida siempre estuvo vacía. Durante la visita se sentirá observado por los rostros de piedra de las paredes. Resulta curioso contemplar las diferentes muecas que hacen.

los caballeros **Templarios**

Numerosos mitos y leyendas se enredan alrededor de la Orden de los Pobres Caballeros de Cristo y del templo de Salomón, a los que conocemos mejor como Caballeros Templarios o del Temple. Dejamos a otros las especulaciones sobre si realmente se trajeron o no el Santo Grial en las maletas cuando regresaron de Tierra Santa. El hecho es que ha sido una de las organizaciones más poderosas y enigmáticas de todos los tiempos.

Alrededor de 1118 el noble francés Hugo de Payens fundó la Orden en unión de otros ocho caballeros como escolta para los peregrinos a Tierra Santa. Aunque Jerusalén, después de la Primera Cruzada, (1099) estaba en manos cristianas, los salteadores hacían muy inseguro el camino desde la costa hasta Jerusalén. Por eso, al rey Balduino II de Jerusalén le vino muy bien la oferta dc los caballeros de proteger el camino de los peregrinos. Les cedió un ala de su palacio como alojamiento, que al parecer estaba construida sobre los cimientos del templo del rey Salomón. De ahí proviene el nombre de templarios.

Hugo de Payens partió en 1127 de viaje hacia Europa. Tuvo éxito, pues los Caballeros Templarios fueron confirmados por el Papa en el Concilio de Troyes (1128) como la primera Orden de monjes y caballeros de la historia cristiana. Hugo de Payens fue su primer gran maestre. Pero, ¿cómo pueden conciliarse guerra y oración? También encontraron solución para esto: matar a un infiel, que se oponía al credo cristiano, comportaba no sólo el perdón de la Iglesia para el pecado de matar, sino además la recompensa de una entrada directa al paraíso.

Con esta legitimación, el Temple experimentó un rápido crecimiento. Jóvenes nobles de todos los rincones de Europa ingresaban en la Orden. A pesar de que los monjes guerreros habían de someterse al voto de pobreza, la propia Orden dispuso desde el principio de grandes medios económicos, pues cada caballero que ingresaba cedía todo su patrimonio a la Orden. Los templarios se convirtieron de esta manera en los banqueros más importantes de su época, hasta el punto de que muchas casas reales europeas llegaron a depender económicamente de ellos.

Compartiendo el caballo al estilo templario

El papa Inocencio II concedió muchas libertades a los templarios en 1139, y liberó al Temple de toda sujeción a la autoridad eclesiástica, excepto la del Papa. Esto les dio gran independencia frente a los poderes terrenales. Los templarios poseían baluartes en todo el territorio de Tierra Santa. Además, diversos señores europeos cedieron a la Orden terrenos, palacios y feudos.

A partir del año 1146 los Caballeros Templarios adoptan la famosa cruz templaria de ocho puntas que llevaban sobre sus capas blancas a la altura del corazón. Los Caballeros Templarios cada vez tenían menos éxito en sus batallas de Tierra Santa, y los musulmanes iban conquistando poco a poco las ciudades cruzadas. En el año 1291 cayó la ciudad de San Juan de Acre, el último bastión de los cristianos en Tierra Santa. Los templarios se batieron en retirada hacia Chipre. Habían perdido definitivamente su misión originaria.

Muchos obispos y señores territoriales vieron una amenaza en su poder. El rey de Francia, Felipe IV, llamado El Hermoso, muy endeudado con los templarios, codiciaba sus posesiones. Al amanecer del día 13 de octubre de 1307, Felipe mandó detener y encarcelar a todos los Caballeros Templarios que había en Francia. Fueron acusados de adorar a un ídolo de nombre Bafomet, asesinar niños y mantener relaciones homosexuales.

Como prueba de la homosexualidad, por ejemplo, se mostraba el sello de la orden: dos caballeros sobre un caballo como símbolo de fraternidad y pobreza. Al no resistir la tortura, muchos detenidos acabaron por admitir las acusaciones. En 1312 el papa Clemente V disolvió la Orden. El último Gran Maestre del Temple, Jacques de Molay, murió dos años más tarde en París, en la hoguera.

De todas maneras, los planes de Felipe IV no prosperaron: los inmensos tesoros de los templarios desaparecieron sin dejar huella, así como la mayor parte de sus archivos. Aunque se había sellado el final oficial de la Orden, la mayor parte de sus miembros logró sobrevivir. La sentencia sólo se aplicó de manera generalizada en Francia, y en la mayoría de los países muchos adeptos a la Orden lograron escapar. En Inglaterra, gozaron de gran prestigio e influencia en la política. Pero el paradero de los legendarios tesoros de los templarios sigue siendo un enigma en nuestros días.

Si Robert y Sophie hubieran tenido más tiempo… seguro que habrían ido a ver:

middle **Temple Hall**

Un gran atractivo del barrio es el Middle Temple Hall, que en la actualidad se utiliza como salón de banquetes y reuniones. El edificio, que destaca por su fachada de ladrillo rojo, fue construido entre 1562 y 1573, y permanece prácticamente intacto desde hace 400 años. El extraordinario techo de casi veinte metros de altura está formado por arcos dobles de roble. El revestimiento tallado en madera de las paredes es muestra también de la más delicada artesanía. La mesa de casi nueve metros de largo en posición transversal al fondo de la sala está reservada para los miembros de más edad. Fue construida con una sola rama de roble que provenía del bosque de Windsor, regalo de la corte de la reina Isabel I.

king's **College**

Robert, Sophie y Teabing se dan cuenta enseguida de que están buscando la iglesia del Temple en el lugar equivocado. De repente, hacen su aparición el monje albino Silas y Rémy, el mayordomo de Teabing. Se apoderan del criptex y cogen a Teabing como rehén. Para averiguar cuál es el misterio de la adivinanza, Robert y Sophie se dirigen rápidamente al metro y van hasta King's College, donde son ayudados por una amable bibliotecaria.

No hace falta ir en metro: el King's College está a unos minutos a pie desde Temple. Y por lo que se refiere a "el laberinto de mugrientos pasillos" *(página 452)* por el que se supone que han escapado, la estación Temple no tiene largos pasadizos. Al andén se llega bajando un par de escalones. Y hace ya muchos años que no hay cancelas giratorias en el metro de Londres…

El King's College es uno de los dos *colleges* más antiguos de la Universidad de Londres. Fue fundado en el año 1829. En sus diferentes facultades estudian hoy casi 20.000 estudiantes británicos y extranjeros. Es la sede del Instituto de Investigación de Teología Sistemática; un grupo de científicos se reúne en las salas de seminario del Cresham Building, en Surrey Lane. La espectacular cámara octogonal de la biblioteca Maughan, de la que habla la novela *El Código Da Vinci*, también existe en realidad, pero no aquí, sino en el edificio de la Universidad en Chancey Lane. No se permite el acceso a visitantes.

st. james's **Park**

El más antiguo de los parques reales de Londres está rodeado por tres palacios, Westminster Palace, St. James's Palace y el más conocido de todos, Buckingham Palace. En 1532 el rey Enrique VIII mandó establecer aquí, para su solaz privado, un coto de caza. El St. James's Palace también fue concebido como palacete de caza. Con Carlos II el parque sufrió una completa remodelación y por primera vez se permitió el acceso del público. Se instalaron amplias zonas de césped y se plantaron árboles. Doscientos años después, con la remodelación de Buckingham Palace en el año 1828, el parque se modificó otra vez más para convertirse en el bello lugar que hoy conocemos. Con razón se le conoce como "el más real de los parques reales". No son sólo los londinenses los que disfrutan paseando por sus largas avenidas: hay muchos patos, cisnes, gansos, gaviotas y pelícanos que aquí parecen encontrarse a sus anchas. Los pelícanos que habitan la Duzk Island, una pequeña isla en el centro del lago, son, de hecho, descendientes de las aves recibidas como regalo del embajador de Rusia en Londres.

¿El único testigo?

Mientras Robert Langdon y Sophie buscan afanosos en el ordenador del King's College, el Maestro elimina a Rémy, el mayordomo de Teabing, el único que conocía su verdadera identidad.

*Bucólica imagen de
St. James's Park*

*La abadía de Westminster:
patrimonio de la humanidad*

abadía de **Westminster**

Resulta cuanto menos difícil de creer que aquel lluvioso día de abril la iglesia estuviera prácticamente vacía cuando Robert y Sophie entran en ella. Al fin y al cabo, la abadía de Westminster, cuyo nombre completo es The Collegiate Church of St. Meter, Westminster, es uno de los monumentos más visitado de la capital inglesa. No se trata únicamente de una obra maestra de la arquitectura y Museo de Historia Británica, sino también el escenario de celebraciones rcales, lugar de conmemoración y, no lo olvidemos, de oración.

En el ordenador del King's College, Robert y Sophie encuentran una nueva pista: Pope no se refiere a un papa, sino al escritor Alexander Pope, que al parecer presidió el entierro de sir Isaac Newton, al que dedicó unas palabras de elogio. Sir Isaac Newton había sido nombrado caballero en su día, y su tumba se encuentra en la abadía de Westminster.

Se cree que en el siglo VII ya había aquí una pequeña iglesia. En 1605 el rey Eduardo, llamado El Confesor, mandó construir una gran iglesia junto a la abadía. La mayor parte de la actual abadía de estilo gótico se construyó entre 1245 y 1272, bajo el mandato de Enrique III. En los siglos siguientes el edificio se amplió y reformó en numerosas ocasiones, hasta que se levantaron las dos torres de la fachada oeste en el año 1745. A pesar de la larga fase de construcción, que duró más de 500 años, el aspecto de la iglesia resulta muy armonioso en su conjunto.

Desde hace casi mil años la abadía de Westminster es la iglesia donde son coronados los reyes y las reinas ingleses. A excepción de dos, los 38 monarcas ingleses han sido coronados aquí. El primero fue Guillermo El Conquistador, en el año 1066, y la última hasta la fecha la reina Isabel II, coronada el 2 de junio de 1953.

Hasta mediados del siglo XVII los monarcas ingleses también recibían aquí sepultura, por lo que se encuentran las tumbas de destacados soberanos.

Una vez aquí, resulta imprescindible visitar la magnífica capilla con el sepulcro de Enrique VII (Lady Chapel). En sus inmediaciones están enterradas Isabel I, María I y María Estuardo. Más de tres mil placas conmemorativas recuerdan a celebridades nacionales, algunas de las cuales están aquí enterradas. Hombres de estado, como Winston Churchill, William Pitt y William Gladston. Científicos e investigadores, como David Livingstone y Charles Darwin, por nombrar tan sólo a algunos. En el famoso Poet's Corner, el Rincón de los Poetas, situado en la zona sur de la nave, encontramos los nombres de William Shakespeare, Samuel Johnson, Charles Dickens, Rudyard Kipling, T.S. Eliot, Oscar Wilde y John Milton, y las tumbas de los compositores Georg Friederich Haendel y del actor Lawrence Oliver. Hay una enorme lápida de mármol negro, rodeada en su totalidad por flores rojas, que recuerda a los miles de soldados que murieron en la I Guerra Mundial. Aunque no haya ninguna placa con su nombre, lady Diana, princesa de Gales, permanecerá mucho tiempo en la memoria de la gente. Aquí se celebraron los funerales de Lady Di el 6 de septiembre de 1997. El monumento

La tumba de Newton

westminster abbey
20 Dean's Yard
Westminster Abbey
Londres SW1P 3PA.
www.westminster-
abbey.org
Entrada: 8 libras.
Horario: 9.30-16.45
lunes-viernes,
9.30-20 miércoles,
9.30-14.45 sábado.
Los domingos no hay
visitas guiadas, sólo
servicios religiosos.

funerario que buscan del caballero Isaac Newton se encuentra justo delante de la barrera que separa la nave del coro. Está construido con mármol blanco y gris, y es obra del escultor Michael Rysbrack según el proyecto del arquitecto William Kent. Sobre el sepulcro reposa reclinada la escultura de sir Isaac Newton, ataviado con ropas clásicas, recostado y apoyado junto a una pila con algunos de sus libros que simbolizan sus grandes obras. La inscripción del sepulcro de mármol de color negro podría traducirse como: "Aquí yace lo que de mortal tenía Isaac Newton". Es verdad que al entierro de Newton asistió una gran cantidad de personalidades, pero no Alexander Pope. Hasta el año 1731, cuatro años después de su muerte, no se erigió el monumento a Newton, al que Pope añadió su conocido epitafio: "Nature and nature's laws lay hid in night; God said 'Let Newton be' and all was light." ("La naturaleza y las leyes de la naturaleza están ocultas en la noche; Dios dijo '¡Hágase Newton!' y todo fue luz"). Por cierto: la portavoz de prensa de la abadía de Westminster, que es muy simpática, se llama Jackie Pope…

Si Robert y Sophie hubieran tenido más tiempo… seguro que habrían ido a ver:

fachada de la **Abadía de Westminster**

En el frontispicio oeste de la abadía de Westminster se percibe la mentalidad de la época, pero el asombrado visitante puede contemplar diez figuras que corresponden a mártires cristianos del siglo XX. Todas estas estatuas datan del año 1998. Maximilian Kolbe (primero de la izquierda) y Dietrich Bonhoeffer (séptimo desde la izquierda), asesinados por los nazis, se encuentran junto a Martin Luther King (quinto) y Óscar Romero (sexto), de El Salvador, entre otros. Es una idea verdaderamente hermosa enlazar de esta manera el pasado más lejano con el más reciente.

sala **Capitular**

La Sala Capitular fue construida a mediados del siglo XII y está considerada como una de las más grandes de toda Inglaterra. Se trata de una estancia octogonal con suelo de piedra, con una única columna en el centro, a partir de cuyo extremo superior se extiende un techo en forma de paraguas. En un principio los monjes venían aquí cada mañana después de la primera misa para realizar sus lecturas y deliberaciones. Posteriormente, la Sala Capitular sirvió para albergar las reuniones de los parlamentarios británicos antes de que, en 1395, se trasladasen al otro lado de la calle, al palacio de Westminster. No parece que los asientos de piedra que bordean la sala sean demasiado cómodos. En las paredes pueden contemplarse aún algunos frescos medievales. Las hermosas baldosas originales se descubrieron en la restauración que se llevó a cabo en el siglo XIX. Una barrera impide pisarlas, así que también sería una pena que se cayera un criptex y las estropease.
Lo que es del todo imposible es mirar desde el interior de la Sala Capitular los frutales del jardín del monasterio. Entonces ¿cómo le llegó a Robert Langdon la inspiración de la palabra clave "manzana"? Ésta es otra de las preguntas que se quedará sin respuesta…

Robert y Sophie examinan el monumento a Newton buscando la pista definitiva que les permita abrir el segundo criptex. De pronto, encuentran sobre el sarcófago una nota que les ordena dirigirse a la Sala Capitular.
Al llegar allí descubren horrorizados quién se oculta tras todos los asesinatos.

Escenario de un amargo hallazgo: la Sala Capitular

Diez mártires cristianos en la abadía de Westminster

La famosa melodía de las campanas proviene del Mesías de Haendel

Si Robert y Sophie hubieran tenido más tiempo... *seguro que habrían ido a ver:*

big **Ben**

Atravesando la calle, a orillas del Támesis, se encuentra el símbolo de Londres por antonomasia: el Big Ben. Muchas personas asocian el nombre Big Ben con la torre de casi 100 metros de altura coronada por un gran reloj. Pero, en realidad, lo que se llama Big Ben es sólo la campana de trece toneladas y sonido tan grave. El nombre oficial de la torre es St. Stephan's Tower, o simplemente Clock Tower (torre del Reloj). El nombre Big Ben parece referirse al corpulento sir Benjamin Hall, el comisionado de obras de la ciudad de Londres cuando la campana fue instalada en el año 1858.

Parlamento

La torre pertenece al complejo del palacio de Wetsminster, más conocido como The Houses of Parliament, que alberga la Cámara Alta y la Cámara Baja, o como dicen los británicos "The House of Lords and the House of Commons". La entrada de visitantes se encuentra en la torre Victoria, enfrente del Big Ben, en el extremo opuesto del complejo.

westminster palace
Westminster,
Londres SW1A 0AA.
www.parliament.uk

national **Gallery**

El óleo de *La Virgen de las Rocas* es una de las muchas obras de arte que se exponen en la National Gallery. Se trata de uno de los museos de pintura más importantes del mundo, cuyos fondos están compuestos por más de 2.300 obras de diversos periodos entre 1250 y 1900. Los nombres de los artistas aquí expuestos son los más importantes de la historia del arte europeo: Rafael, Miguel Ángel, Rubens, Rembrandt o Van Gogh, por citar sólo algunos.

Al ponerse la primera piedra de la National Gallery en 1824, su propósito era que las bellas artes fueran accesibles a todas las clases sociales, y no sólo a los privilegiados. Uno de sus compromisos principales, mantenido hasta ahora, es la gratuidad de la entrada. En el año 1833 el edificio de la National Gallery se trasladó al lado norte de la céntrica Trafalgar Square. Con los años la colección fue en aumento y se añadieron edificios nuevos. En julio de 1991 la reina inauguró la Sainsbury Wing, un ala en la que se exponen obras de entre 1250 y 1500. *La Virgen de las Rocas* de Leonardo da Vinci se encuentra aquí precisamente, en concreto en la sala 51.

Robert Langdon califica de "descafeinada" la segunda versión que realizó Leonardo Da Vinci de *La Virgen de las Rocas.*

national gallery
Trafalgar Square, Londres WC2N 5DN. Horario: 10.00-18.00 todos los días, hasta las 21.00 miércoles. Visitas guiadas gratuitas alrededor de las 11.30 y 14.30 todos los días, miércoles a las 18.30. Punto de encuentro junto al puesto de información en Sainsbury Wing.

La National Gallery alberga La Virgen de las Rocas

Si Robert y Sophie hubieran tenido más tiempo... *seguro que habrían ido a ver:*

trafalgar **Square**

Trafalgar Square constituye un impresionante testimonio de una época en la que el Imperio dominaba casi la cuarta parte del mundo. En el centro de la plaza, sobre una columna de cincuenta metros de altura, se alza la estatua de Horatio Nelson, el mayor almirante británico de todos los tiempos. En 1805 había derrotado a la flota napoleónica francesa en Trafalgar, al sur de España, asegurando de esta manera la hegemonía indiscutible de Gran Bretaña en todos los mares del mundo para los siguientes cien años. Él mismo se dejó la vida en la batalla. El monumento en su honor fue colocado sobre el gran pedestal en 1842. Hoy en día, Trafalgar Square es sin duda un importante nudo de comunicaciones en Londres. Las líneas de autobuses más importantes pasan por aquí. La plaza es el punto donde los aficionados al fútbol o los manifestantes suelen darse cita, además de las enojosas palomas. Para combatir esta plaga, el alcalde no sólo ha impuesto a los turistas la prohibición de echarles de comer, sino que emplea halcones amaestrados para controlarlas. Y ha dado resultado: mientras que antes invadían la plaza cerca de 4.000 palomas, en la actualidad no suelen pasar de 200.

Los londinenses disfrutan a los pies de lord Nelson

Ruta a pie por **Londres**

La ruta recomendada no recorre los escenarios de *El Código Da Vinci* conforme a su aparición en la novela, sino según su ubicación real. No olvide que a ambos lados de la ruta hay otros lugares interesantes.

Empezamos nuestra ruta en LUDGATE CIRCUS, donde comienza FLEET STREET, a la que podemos llegar cómodamente en metro (estaciones Blackfriars o St. Paul's) o en muchas líneas de autobús. Desde aquí seguiremos por Fleet Street hasta la segunda bocacalle a la derecha. Nuestro primer alto es uno de los muchos viejos *pubs* de Fleet Street, el YE OLDE CHESHIRE CHEESE, al que se llega por Wine Office Court. Como aún tenemos un largo camino por delante, no podemos permitirnos quedarnos a tomar nada, sino que seguimos Fleet Street hasta llegar al antiguo DAILY EXPRESS BUILDING para admirar su preciosa fachada *art déco* de cristal negro. A la altura del dragón alado, que veremos justo en mitad de la calzada, giraremos a la izquierda, donde podremos admirar el precioso edificio porticado del siglo XVII que nos permite adentrarnos en el mundo del Temple. Cruzaremos la calle, pero antes de atravesar el portón podemos echarle un vistazo rápido a la impresionante fachada del ROYAL COURTS OF JUSTICE. El camino nos lleva hasta la IGLESIA DEL TEMPLE. Si la iglesia está abierta podremos ver los cenotafios de los caballeros, e incluso hacer fotografías, aunque a cambio estaría bien dejar un donativo. Después podemos curiosear un poco por las callejuelas y los numerosos patios interiores, disfrutando de su peculiar ambiente. Con ayuda del plano encontraremos también MIDDLE TEMPLE HALL, y con un poco de suerte, podremos echar un vistazo a su interior. Nuestro camino nos lleva por el Temple en dirección sur hasta el Támesis. Llegamos a Embankment, la gran calle que discurre paralela al río; nos detenemos a la derecha y llegamos a la ESTACIÓN TEMPLE del metro. Buenas noticias: desde el 7 de mayo de 2005 la estación abre también los domingos. Nos montamos y vamos

Entrada al Temple

Aquí almuerzan los juristas

en dirección oeste con las líneas Circle o District Line. Después de dos estaciones nos apeamos en WESTMINSTER. Podemos optar por las salidas 5 o 6, y, una vez en la calle, podemos contemplar directamente la torre del BIG BEN.
El que quiera puede salir antes por la salida 1 y cruzar por el Westminster Bridge a la otra orilla del Támesis, para desde aquí disfrutar del panorama de Westminster que se ve en las postales. Los demás pasarán por Parliament Square y la estatua de Winston Churchill que, inclinado sobre su bastón, parece mirar en dirección al Parlamento. De camino hacia la entrada de LA ABADÍA DE WESTMINSTER, a mano izquierda queda la pequeña iglesia de St. Margaret's Church. Según la hora y la época del año puede ocurrir que la cola llegue hasta aquí. Pero llegará el momento en que logremos entrar en una de las iglesias más importantes del país. Después de visitar el interior iremos a ver el frontispicio oeste con sus dos torres y las esculturas de los Mártires.
Cruzaremos la ancha Broad Sanctuary, haremos un alto a la derecha ante la iglesia metodista y seguiremos por Storey's Gate hasta avistar

ST. JAMES'S PARK. Por sus caminos a lo mejor tenemos la suerte de ver alguna encantadora ardilla cogiendo nueces de la mano de los paseantes.

Como hoy todavía no habíamos estado rodeados de tanto verdor, pasearemos por el puente hasta el otro lado del lago. Saldremos del parque por el extremo norte y llegaremos al Mall, una magnífica calle que se extiende desde Buckingham Palace hasta TRAFALGAR SQUARE. Hoy no nos interesa si la reina está en casa o no, por eso nos detenemos a la derecha, donde la estatua del almirante Nelson domina toda la plaza. Si en ese justo momento no hay ningún grupo de fans de algún equipo de fútbol cantando enardecidos que nos lo impida, cruzaremos la plaza hasta la NATIONAL GALLERY, donde concluye nuestra ruta.

Rutas organizadas por **Londres**

OfftoLondon

En colaboración con British Tours Ltd., la agencia de mayor experiencia en visitas guiadas de Inglaterra, OfftoLondon ofrece dos rutas diferentes por los escenarios de *El Código Da Vinci* en Londres. La visita de casi tres horas de duración recorre Temple Church, Fleet Street, Westminster Abbey, St. James's Park y la National Gallery. Precio: entre 170 y 260 libras (al cambio, de 250 a 380 €), según el número de participantes. Si quiere conocer aún más, puede reservar una visita de siete horas de duración, que añade otros lugares relacionados con los templarios. El precio oscila entre 250 y 385 libras (de 365 a 565 €).

Reservas en internet
www.offtolondon.com

tras las huellas de 'El Código Da Vinci'

en **Avión**

Iberia, British Airways y EasyJet cuentan con vuelos directos a Londres desde, al menos, las siguientes ciudades españolas: Madrid, Barcelona, Alicante, Bilbao, Ibiza, Lanzarote, Málaga, Palma de Mallorca, Sevilla, Tenerife y Valencia. La aerolínea británica British Midland ofrece vuelos directos desde Madrid, Alicante y Palma de Mallorca. Spanair también dispone de vuelos desde varias ciudades españolas a Londres-Heathrow.

tarifas **Económicas**

Deben adquirirse con bastante antelación y normalmente no admiten cambios ni reembolsos de ningún tipo. Ryanair dispone de conexiones a Londres-Stansted (y algunas a Luton) desde diversas ciudades españolas. EasyJet aplica en los vuelos a Gran Bretaña el sistema *basiq-air*, que garantiza los precios más bajos del mercado. También se pueden consultar las últimas ofertas en www.lastminute.com. En www.viajarabajoprecio.com es el viajero quien pone el precio. Existen otros portales de internet, como www.atrapalo.com, www.viajar.com y www.muchoviaje.com.

del aeropuerto a la **Ciudad**

Los trayectos en taxi desde los aeropuertos hasta el interior de la ciudad son bastante caros (unos 60 €) y, además, un tanto largos. Es mucho más económico utilizar el transporte público.

aeropuerto de **Heathrow**

Heathrow, al oeste de Londres, se encuentra a unos 25 kilómetros del centro de la ciudad. La forma más rápida de llegar a la City es con el tren Heathrow Express. Circula entre las 5.07 hasta las 24.00, con un intervalo de 15 minutos hasta la estación de Paddington. El trayecto dura unos 15 minutos y el precio es de 14 libras el billete de ida y 26 libras el de ida y vuelta. Resulta más económico llegar a la ciudad en metro: desde el aeropuerto se hace transbordo en Picadilly Line, y desde este punto se tarda 45 minutos en llegar a Picadilly Circus.

aeropuerto de **Gatwick**

Este aeropuerto queda a unos 40 kilómetros al sur de Londres. Opera con vuelos regulares, chárter y económicos. Para llegar al centro la mejor elección es el tren. Desde la terminal sur hay acceso directo a la estación, donde el Gatwick Express lleva a los viajeros hasta Victoria Station sin paradas intermedias. Los primeros trenes comienzan a circular a las 4.35 y las 5.20; a partir de las 5.50 el intervalo es de 15 minutos hasta las 0.35. El trayecto dura unos 30 minutos y cuesta 12 libras (23,50 libras ida y vuelta). También se puede ir al centro en autobús; se tarda el doble pero es más barato. El autobús Speedline Flightline-777 sale cada hora con destino a Victoria Station.

aeropuerto de **Stansted**

El aeropuerto de Stansted se encuentra en Essex, al noreste de Londres, a unos 45 kilómetros del centro. El Stansted Express circula entre el aeropuerto y la estación londinense de Liverpool Street. Entre las 5.00 y las 24.00 la frecuencia es cada 30 minutos, y entre las 8.00 y las 16.00 cada 15 minutos. El trayecto dura alrededor de 45 minutos, el billete sencillo cuesta 14 libras (24 libras ida y vuelta). Si se vuela el mismo día, se puede aprovechar el Cheap Day Return, que cuesta 15 libras. EasyJet coopera con las empresas de autobuses Terravision. A partir de 7 libras se puede llegar en 1 hora aproximadamente a la estación de Liverpool Street; hasta Victoria Station el trayecto cuesta 8,50 libras y dura 75 minutos. Pero hay que tener en cuenta que suele haber mucho atasco en la autopista y es fácil perder el avión.

aeropuerto de **Luton**

El aeropuerto de Luton está a 55 kilómetros al norte de Londres. Desde el aeropuerto circula cada poco tiempo una lanzadera gratuita, llamada Luton Airport Parkway Station, hasta la estación de Luton. Desde aquí se llega en 45 minutos escasos con el tren Thameslink a la estación King's Cross, sita en el centro.

¿Patria del Santo Grial?

RUTA DE 'EL CÓDIGO DA VINCI' EN ROSLIN

capilla de **Rosslyn**

Roslin es una pequeña villa que dista unos 11 kilómetros de Edimburgo en dirección sur. A algunos puede que el nombre les resulte familiar, pues fue en el Roslin Institut donde en 1996 fue clonada la oveja Dolly. Por lo demás, no se suele encontrar en las guías de Escocia más que un par de líneas sobre Roslin. Sin embargo esto va a cambiar pronto: desde la aparición de la novela *El Código Da Vinci* la cifra de visitantes se ha duplicado. Con 77.000 visitantes en el último año, la capilla de Rosslyn se ha convertido en uno de los monumentos más visitados de Europa.

El nombre Rosslyn no tiene nada que ver con la Línea Rosa, como pretende Robert. Los términos Rosslyn y Roslin tienen un origen común. Ambos se derivan de las palabras celtas *ross* (colina) y *lynn* (cascada o estanque), por lo que su significado equivaldría a una elevación sobre un estanque. De hecho, la capilla está ubicada sobre una colina, mientras que por el valle serpentea un riachuelo.

La primera impresión del visitante es de absoluta sorpresa. Dan Brown nos ha ocultado que desde 1998 hay instalada una estructura de metal al aire libre que desmejora el aspecto del precioso monumento. Lo han colocado para poder acometer una restauración general del tejado y los muros, y lo más probable es que las obras no terminen hasta 2008. Lo primero que había que arreglar eran los daños producidos por la lluvia en la techumbre, pero como los trabajos no habían finalizado a finales de verano de 2005, cuando dio comienzo el rodaje de

Con algo de ayuda de Isaac Newton, Robert logra abrir también el segundo criptex. El último mensaje de Jacques Saunière envía a los buscadores del Grial, Robert Langdon y Sophie, a Escocia, a la legendaria Rosslyn Chapel en Roslin.

Izquierda | La capilla de Rosslyn, paraíso para los aficionados a la simbología

la película, los genios de los efectos especiales de Hollywood tuvieron que suprimir el tejado mediante procedimientos informáticos.

La piedra fundacional de la capilla de Rosslyn fue colocada en 1446 por sir William St. Clair (hoy Sinclair). Originariamente se había planeado construir una iglesia de planta cruciforme, con una gran torre. A su muerte en el año 1484, sólo estaban terminados los muros del coro y los cimientos de la nave. Sir William fue enterrado en este lugar en obras, y fue su hijo quien posteriormente terminó de construir el techo y la capilla.

Este enclave se relaciona con las leyendas más variopintas, desde el Santo Grial, pasando por los templarios y los masones, hasta llegar al Arca de la Alianza. Nada más entrar en la capilla de Rosslyn se percibe el ambiente singular que despierta tanto interés. En una longitud de unos 21 metros, es difícil encontrar un sólo rincón que no presente una gran profusión de adornos o misteriosos símbolos.

Lo que Dan Brown no cuenta: la fachada está cubierta por una estructura de acero

*Símbolos secretos
en la bóveda del techo*

Hay ángeles de piedra tocando instrumentos
(uno de ellos lleva una gaita: no olvidemos que
estamos en Escocia) mientras los siete pecados
capitales bailan alrededor de una pilastra,
acompañados del diablo, dragones, caballeros
y figuras bíblicas. Lo único que no encontraremos es la Estrella de David formada por "el cáliz
y la espada" *(página 547)* que, según la novela
El Código Da Vinci, estaría en el suelo de piedra.
Los 213 símbolos cuadrados del techo,
que tanto habían fascinado a Sophie cuando
era niña, son también un enigma. Hay teorías
que defienden que se trata de una especie de
sistema de notas. En la actualidad, investigadores del grupo empresarial japonés Matsushita,
al que pertenece la marca Panasonic, están
intentando descifrarlos.

*El castillo de Edimburgo,
símbolo de Escocia*

La obra más famosa en el interior de la iglesia
es el llamado *Apprentice Pillar* o Pilar del Aprendiz. Esta artística columna cincelada está rodeada en espiral por los sarmientos y las flores que
provienen de las fauces del dragón tendido en
su base. Según la leyenda, el aprendiz de cante-
ro realizó una columna más hermosa que la de
su maestro, y éste al volver de su viaje, presa de
los celos, dio muerte a su discípulo.

La obra maestra de un
aprendiz: Apprentice Pillar

rosslyn chapel
Roslin, Midlothian,
Gran Bretaña, EH25 9PU.
Tel. 0044 (0) 131 440 2159.
Entrada: 6 libras, gratis
menores de 18 años.
Horario: 10.00-17-00
lunes-sábado,
12.00-16.45 domingo.
www.rosslynchapel.org.uk

Otro enigma es el de las tallas de mazorcas de maíz y cactus, pues se supone que antes de que Colón descubriera América en 1492 esas plantas eran desconocidas en Europa. ¿Quizá alguien se adelantó al descubridor? Casualmente, el abuelo de William St. Clair, Henry of Orkney, fue marino. Y ¿por qué una de las provincias canadienses se llama Nueva Escocia? La iglesia continúa suscitando cuestiones que aún no se han aclarado y dan lugar a muchas especulaciones. Si se busca la casa de piedra de detrás de la capilla, será en vano. En los edificios adyacentes sólo hay una tienda y un museo, pero ni rastro de la amable abuelita que pudiera revelarnos el secreto del Grial.

Si Robert y Sophie hubieran tenido más tiempo... seguro que habrían ido a ver:

Edimburgo

Desde hace muchos años, los lectores de los diarios británicos *The Guardian* y *The Observer* están de acuerdo en una cosa: Edimburgo es la ciudad favorita de toda Gran Bretaña. Construida en torno a siete volcanes, su aspecto no tiene parangón en toda Europa. El castillo que domina la ciudad es el símbolo de Escocia, y fue residencia de los reyes escoceses durante siglos. A sus pies se extiende el casco histórico de la ciudad, con sus intrincadas callejuelas llenas de acogedores *pubs*. Es muy famoso el Festival Fringe, el mayor festival cultural del mundo, que se celebra cada año en agosto y que convierte a toda la ciudad en un gran escenario. La página oficial de Edimburgo en internet es: www.edinburgh.org

Y si prefiere disfrutar de la soledad de las Highlands o Tierras Altas, los lúgubres castillos y el excelente whisky de malta, encontrará mucha información e imágenes sobre Escocia en www.undiscoveredscotland.co.uk (en inglés).

A los pies del castillo: la ciudad de Edimburgo

cómo llegar a Edimburgo

en **Avión**

La compañía británica British Airways ofrece un vuelo regular desde Madrid a Edimburgo vía Birmingham. Con Iberia se puede viajar hasta Londres desde numerosas ciudades españolas y desde allí a Edimburgo. También es posible hacer escala en Birmingham.

Otras compañías aéreas disponen de vuelos directos desde Londres hasta la capital escocesa.

El aeropuerto internacional de Edimburgo está situado a 12 kilómetros al oeste de la ciudad.

compañías **Aéreas**

British Airways
www.britishairways.com
(desde London City, Gatwick, Heathrow y Birmingham)

EasyJet
www.easyjet.com
(desde Stansted, Luton y Gatwick)

Flyglobespan
www.flyglobespan.com
(línea aérea escocesa de bajo coste, desde Stansted)

Iberia
www.iberia.com
(desde Heathrow, Gatwick y Birmingham)

Scotairways
www.scotairways.co.uk
(desde London City)

del aeropuerto a la **Ciudad**

A pesar del incremento en el número de visitantes, todavía no existe una conexión directa
entre el aeropuerto de Edimburgo y la capilla
de Rosslyn. Si no se alquila un coche, hay que
llegar primero a Edimburgo y en el centro de
la ciudad tomar el autobús con destino a Roslin.
Las paradas de autobús se encuentran frente
a la entrada de la zona A de la terminal.
El Express-Shuttle circula entre el aeropuerto
y Waverley Bridge en el centro de la ciudad
desde las 4.40 hasta la media noche con un
intervalo de diez minutos. El trayecto dura
unos 25 minutos. Los billetes se pueden comprar directamente al conductor y cuestan
3 libras el viaje de ida y 5 el de ida y vuelta.
Obtendrá más información en www.flybus.com
La parada de taxis se encuentra delante de la
terminal. El trayecto hasta el centro urbano
dura unos veinte minutos y cuesta, dependien-
do de la hora y del tráfico, entre 15 y 20 libras.

de edimburgo a **Roslin**

Si tiene previsto realizar la visita en domingo,
tendrá problemas, porque hay dos líneas que
comunican Edimburgo con Roslin, pero no circulan los domingos. El autobús número 15A
(Lothian Bus), con cabecera en St. Andrew
Square, sale aproximadamente cada hora, los
días laborables de 6.41 a 18.49. El último autobús de vuelta sale a las 19.26. El First Bus 62,
que sale de la estación de autobuses de Edimburgo, circula de lunes a sábados cada hora de 9.25
a 14.25, y hay trayecto de vuelta hasta las 14.44.
En coche se debe ir por la autopista A701 en
dirección a Penicuik/Peebles hasta la salida de
Roslin. Desde Roslin hay indicaciones para llegar
a la capilla.

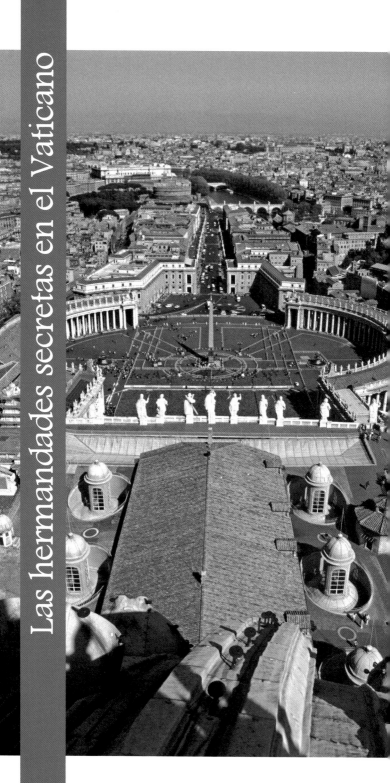

Las hermandades secretas en el Vaticano

RUTA DE 'ÁNGELES Y DEMONIOS' EN ROMA

cómo empezó todo: el **CERN**

El Centro Europeo para la Investigación Nuclear, CERN, se sitúa cerca de Ginebra, junto a la frontera franco-suiza. Parte de sus enormes instalaciones subterráneas se extienden por el subsuelo hasta adentrarse en Francia. Aquí trabajan más de 3.000 físicos, lo que lo convierte en el mayor laboratorio de investigación del mundo. Para un físico, es sin duda el paraíso de la investigación: más de 6.500 científicos de infinidad de países acuden cada año, con el propósito de encontrar respuestas a cuestiones fundamentales: ¿cómo funciona nuestro universo, cuál es su origen y qué lo mantiene unido? Para intentar averiguarlo, algunas partículas como electrones o protones se someten a una enorme aceleración, se provoca su colisión y se estudia el resultado. Durante mucho tiempo, el acelerador de forma circular de nombre LEP (Large Electron-Positron Collider) fue considerado el equipo de investigación más grande del mundo. Está instalado en un túnel de 27 kilómetros de longitud a 100 metros de profundidad. En el año 2001 fue retirado y en la actualidad está siendo sustituido por su sucesor, el LHC (Larg Hadron Collider), que entrará en funcionamiento en 2007.

Permite alcanzar niveles de energía que resultan impensables mediante los aceleradores de partículas de los que se dispone hasta ahora, de manera que se abren infinidad de nuevas posibilidades para la investigación.

El CERN, Conseil Européen pour la Recherche Nucléaire, fue creado por un grupo de físicos en 1951 en calidad de comité científico. En el año 1953 se comenzó a construir un laboratorio central. En aquella época, las investigaciones todavía

Robert Langdon, profesor de Harvard y especialista en simbología religiosa recibe una misteriosa llamada de socorro: en Suiza, un investigador que ha sido asesinado en su laboratorio presenta una terrible quemadura sobre su pecho. Le han grabado a fuego el ambigrama "illuminati". En el aeropuerto de Boston le aguarda un avión de alta velocidad que no tardará ni una hora en llevarle desde Boston hasta Suiza. Desde el aeropuerto de Ginebra, el viaje continúa en coche hasta su próximo destino: el CERN.

Izquierda | La plaza de San Pedro vista desde la cúpula de la basílica homónima

Lo más interesante del CERN se halla bajo tierra

cern
CH-1211
Genf 23, Suiza.
Horario: 9.00-17.00
lunes-sábado.
Reserva de visitas guiadas:
CERN Visit Service
Tel. 0041 22 767 8484,
Fax 0041 22 767 8710.
visits.service@cern.ch
www.cern.ch/visits

se concentraban en el estudio del átomo: de ahí la palabra nuclear en su nombre. Pero poco tiempo después, el trabajo del instituto comenzó a ir mucho más allá de este estudio, y en la actualidad abarca desde la naturaleza de los materiales hasta el tratamiento informatizado de datos. Como ejemplo diremos que son autores del desarrollo de la imprescindible World Wide Web.

En realidad, no es un lugar de acceso tan restringido como se describe en la novela. Más de 20.000 personas llegan cada año de todas partes del mundo para conocer sus instalaciones. Incluso está permitido el uso de cámaras de vídeo y fotos.

El centro de visitantes del CERN ofrece visitas guiadas gratuitas y la posibilidad de asistir a algunos experimentos no sólo a grupos de estudiantes, sino también a particulares. Pero hay que ser previsor, pues es necesario realizar la reserva al menos con seis meses de antelación a la fecha prevista de la visita.

De todas maneras, si ya se halla en la puerta no se preocupe: no tiene que marcharse sin ver nada. Hay una magnífica exposición titulada Microcosm, que se puede visitar gratuitamente y sin reserva previa.

Si quiere saber lo peligrosa que es la antimateria o si en realidad permite construir bombas, puede consultar la web del CERN, www.cern.ch. El apartado del menú "Spotlight on… Angels and Demons" contiene respuestas concretas a algunas de las cuestiones que plantea la novela.

Poco apropiado para bombas antimateria: el acelerador LHC

El CERN a vista de pájaro

Una gran parte de la acción de la novela tiene el Vaticano como escenario. Robert Langdon y Vittoria Vetra aterrizan en el helipuerto y son conducidos por los miembros de la Guardia Suiza a través de los jardines hasta su cuartel, recorren los corredores y los aposentos papales a toda prisa, acceden a los Archivos Secretos y siguen al camarlengo hasta las grutas.

La plaza de San Pedro y el gran obelisco, que ocupa su centro, juegan también un importante papel en la narración.

El escudo del anterior papa Juan Pablo II

ROMA

el **Vaticano**

El Vaticano es un lugar muy especial: en medio kilómetro escaso de superficie se agrupa el Estado soberano más pequeño del mundo.

No necesita tener un gran territorio para que su influencia sea enorme, pues en el Vaticano se toman decisiones que afectan a millones de personas en todo el mundo. El soberano único que domina este imperio y último monarca absoluto de Europa es el Papa. En su calidad de jefe del Estado del Vaticano, ostenta todo el poder legislativo, ejecutivo y judicial.

El Vaticano tiene menos ciudadanos (550) que empleados (alrededor de 3.000), que casi en un cien por cien son hombres. El gentilicio para referirse a los habitantes del Vaticano es vaticanos.

El Vaticano es el único Estado del mundo cuya población no se constituye por multiplicación natural sino por designación. En los meses de mayor afluencia de visitantes, o coincidiendo con importantes celebraciones religiosas, se multiplica por cien el número de personas que se encuentran en el propio Estado. Y todas tienen que ir bien vestidas, porque si no, pueden ser expulsadas. (Sería una buena idea para muchos destinos turísticos controlar las maletas de los viajeros en los aeropuertos y enviar de regreso a su país a los turistas que lleven ropa no apropiada).

vaticano
Horario: 9.00 y 14.00 lunes-sábado.
Entrada: 9 €.
Imprescindible reserva anticipada, por teléfono o fax:
Museo Vaticani, Ufficio Visite Guidate,
Tel. 0039 06 698 8 4466,
Fax 0039 06 698 8 85100.

jardines del **Vaticano**

Los jardines del Vaticano son un oasis de paz en la gran ciudad de Roma. La mayoría de los visitantes se limitan a contemplarlos desde lo alto de la cúpula de la basílica de San Pedro. El edificio alargado situado a la entrada de los jardines es el Palacio Apostólico.
Sobre el césped puede verse el escudo del anterior Papa, esculpido con flores y pequeños arbustos.
Los jardines Vaticanos sólo pueden recorrerse en una visita guiada de dos horas de duración. Desde el punto de vista del interés botánico, es evidente que hay jardines más dignos de mención, pero es innegable el encanto que tiene pasear a la sombra de los árboles por lo senderos de gravilla por los que suele caminar el Papa.
El camino discurre entre fuentes y antiguas estatuas y diversos edificios, desde Radio Vaticano hasta la réplica de la gruta de la Virgen de Lourdes.
En la esquina más alejada se encuentra el helipuerto. Los turistas alemanes se llevan una sorpresa al llegar y toparse con un resto de su pasado: un gran fragmento del muro de Berlín, con el que el gobierno alemán agradeció al anterior Papa su contribución en la caída del Telón de Acero.

Desde el helipuerto del Vaticano, Robert y Vittoria son conducidos a las dependencias de la Guardia Suiza a través de los jardines del Vaticano.

la guardia **Suiza**

Sus pintorescos uniformes históricos, con pantalones anchos, el casco y la alabarda, son uno de los objetivos favoritos de las cámaras de los visitantes. El uniforme de gala de la Guardia Suiza no fue diseñado por Miguel Ángel, como erróneamente suele decirse. Su aspecto actual data de principios del siglo XX. Los colores rojo, amarillo y azul son los del escudo de la familia Medici, a la que pertenecen muchos Papas. Al observarlos parecen más una atracción turística que un grupo de élite con exquisita preparación, cuya misión consiste en "velar por la seguridad de la persona del Santo Padre y su

Un miembro de la Guardia Suiza luce su vistoso uniforme

Residencia", y en caso necesario, sacrificar la propia vida por el Papa. Los guardias no se ocupan tan sólo de la vigilancia del Vaticano, sino de acompañar al Papa en sus viajes en calidad de guardaespaldas aunque, como es lógico, de paisano y sin alabarda.

La Guardia Suiza es el ejército del Vaticano, y en 2006 celebra su V centenario. Hace mucho tiempo que estas tropas no se ven en la necesidad de demostrar su capacidad defensiva. El 6 de mayo de 1527 se produjo el Sacco di Roma, cuando las tropas del emperador Carlos V saquearon el Vaticano. La Guardia opuso una gran resistencia y 147 de sus hombres cayeron abatidos. El papa Clemente VII de Medici y 42 guardias lograron escapar por *Il Passetto* hasta el inexpugnable Castel Sant'Angelo *(página 462 de Ángeles y Demonios)*. La Guardia Suiza celebra esta fecha todos los años con el juramento de los nuevos reclutas.

Para poder ingresar en la Guardia es necesario reunir una serie de requisitos muy concretos. El aspirante ha de ser hombre, de nacionalidad suiza y católico practicante. Debe haber terminado sus estudios de bachillerato o formación profesional y haber completado la instrucción básica en el ejército suizo. La altura mínima es de 1,74 metros, debe estar en excelente forma física y ser menor de 30 años. Como es evidente, su reputación ha de ser intachable. Con estas condiciones se puede entrar a formar parte de una de las tropas más exclusivas, pero las solicitudes escasean. El contingente básico es de 110 hombres, pero en el año 2005 no han logrado llegar a la centena.

Uno de los motivos de estas escasas nuevas promociones estriba en que se trata de un honor que no está bien remunerado, pues el sueldo mensual es de unos 1.000 €. Parece que el Vaticano tampoco se salva de ajustar sus presupuestos.

más información

sobre la Guardia Suiza en su web oficial,

www.schweizergarde.org

palacio **Apostólico**

¿Cómo logró el terrorista pasar por delante de ellos?

Robert y Vittoria no logran convencer a Olivetti, el comandante de la Guardia Suiza, del riesgo que entraña la antimateria oculta en el Vaticano. Una artimaña les permite ser conducidos en presencia del camarlengo en el Palacio Apostólico.

Más de mil estancias repartidas en diversos edificios constituyen el Palacio Apostólico. No todas son accesibles al público, sólo aquellas que albergan los Museos Vaticanos. Desde que en el año 1377 Gregorio XI trasladase su residencia desde Letrán, el palacio se convirtió en residencia oficial de los Papas.

Alrededor de 1450 se iniciaron las obras de remodelación del palacio, y desde entonces casi todos los Papas han realizado modificaciones. El ala situada detrás de la columnata fue construida a finales del siglo XVI bajo el pontificado de Sixto V. Hasta hoy constituye el eje de la vida y obra de los Papas. En el segundo piso se encuentran varias salas de audiencias, como la sala Clementina en la que se instaló la capilla ardiente de Juan Pablo II en abril de 2005. Recordemos la atención que despierta la luz de las tres ventanas situadas en la parte superior a la derecha. Aquí, en el tercer piso, se encuentran los aposentos privados del Papa.

La reunión de Robert y Vittoria con el camarlengo en el despacho del Papa es fruto de la fantasía del autor Dan Brown. La Constitución Apostólica ordena que el camarlengo selle el despacho y los aposentos privados del Papa a su muerte, por lo que resulta imposible el acceso.

La entrada principal del palacio es una gigantesca puerta de bronce situada a la derecha de la columnata. La Guardia Suiza restringe el acceso, pero con un poco de suerte se puede vislumbrar desde el exterior la Scala Regia, la magnífica escalera real que construyó Lorenzo Bernini hacia 1660.

La angosta escalera, gracias a una genial ilusión óptica, parece larga e imponente.

Por lo que se refiere a los Archivos Secretos del Vaticano, en los que Robert y Vittoria se mueven con tanta soltura, para poder investigar en ellos es necesaria una autorización por escrito del prefecto en respuesta a la solicitud, que preferentemente ha de ir acompañada de una recomendación de una entidad prestigiosa. Sólo logran permiso los investigadores de las más altas instituciones educativas y culturales que pueden demostrar de manera convincente el motivo por el que les es imprescindible el acceso a estos archivos. Lamentablemente, la presentación del carné de estudiante no es suficiente.

capilla **Sixtina**

Desde el exterior tiene el aspecto de un edificio medieval poco vistoso, pero su interior alberga un tesoro de incalculable valor, considerado por algunos la mayor obra de arte del Renacimiento. Los formidables frescos que decoran sus paredes y techos atraen cada año a millones de aficionados al arte, lo que provoca larguísimas colas en el exterior.

La Capilla Sixtina fue construida entre 1473 y 1481 como capilla privada para el papa Sixto IV, de ahí su nombre. Desde entonces, salvo contadas excepciones, es el lugar donde se celebra el cónclave, lo que la convierte en el colegio electoral más bello del mundo.

Entre 1480 y 1483 se inició su decoración. Destacados artistas como Botticelli, Perugino, Ghirlandaio, Pinturicchio y Rosselli proyectaron y pintaron sobre los muros laterales de la capilla doce frescos con escenas del Antiguo y el Nuevo Testamento.

El foco de atención más destacado es, sin duda, la gigantesca pintura que cubre el techo, obra de Miguel Ángel. Necesitó cuatro años (1508-1512) para representar las escenas de la historia de la Creación en nueve recuadros. El juego con la arquitectura es absolutamente genial: se trata de frescos enmarcados por una arquitectura pintada. Las cuatro escenas principales muestran la *Creación de los Astros*, la *Creación de Adán*, *el Pecado Original y la Expulsión del Paraíso Terrenal* y el *Diluvio Universal*. El fragmento más famoso pertenece a la *Creación de Adán*, y muestra cómo Adán extiende su mano para recibir la vida de Dios.

En la parte frontal de la capilla, en la pared del altar, podemos contemplar el fresco continuo

Encerrados en la Capilla Sixtina, los cardenales esperan en vano a los cuatro *preferiti*, pues hasta que no lleguen no puede dar comienzo la elección del próximo Papa. Más adelante, será aquí donde Robert mostrará a los cardenales el revelador vídeo que Maximilian Kohler graba en secreto en el despacho del camarlengo.

*El colegio electoral más
bello del mundo:
la Capilla Sixtina*

más grande del mundo, con casi 180 metros
cuadrados de superficie. Esta grandiosa composición, el *Juicio Final*, fue realizada por un
Miguel Ángel sexagenario, entre 1536 y 1541.
La escena está dominada por Cristo, que se
encuentra con su brazo levantado en actitud
de juzgar a las personas que giran a su alrededor. Los justos son elevados hacia el cielo,
mientras los pecadores son arrojados al infier-
no. Con esta imagen podemos jugar a descubrir
detalles ocultos: ¿cuál es la única figura que
mira al observador?

Por desgracia no fue Miguel Ángel el único que
pintó en la pared del altar. La falta de pudor de
lo representado resultaba intolerable para los
señores del Vaticano. En 1564 Miguel Ángel
murió en Roma, con casi noventa años, y el
pintor Daniel de Volterra, desde entonces conocido como el *braghettone*, recibió el encargo
de pintar drapeados de cobertura, las llamadas
bragas, para ocultar la musculosa zona lumbar
de algunas de las figuras del *Juicio Final* consi-
deradas obscenas. Con ocasión del V centenario
de Miguel Ángel en 1975, el Vaticano tomó la
decisión de eliminar los velos que cubrían algunas figuras. En una fase de restauración que

duró veinte años se eliminaron las pinturas de anteriores restauradores que cubrían los originales, y además se limpiaron del hollín de las velas, el incienso y el polvo de siglos.

Los diez millones de euros resultaron ser una buena inversión, pues una vez concluidos los trabajos a finales de 1999, los frescos de la Capilla Sixtina lucen de nuevo el esplendor original, luminoso e intenso de los colores de Miguel Ángel.

A la Capilla Sixtina se accede a través de los Museos Vaticanos. Para no tener que esperar una larga cola, hay que consultar los horarios y procurar estar allí a primera hora de la mañana. Lo mejor es ir primero a la Capilla Sixtina y dejar los museos para después, con más tranquilidad. Su visita merece la pena, pues albergan una de las colecciones de arte más destacadas de todo el mundo. Cada año, más de tres millones de visitantes recorren sus 55.000 metros cuadrados contemplando las obras que custodia. El recorrido por los museos puede alcanzar hasta siete kilómetros, por lo que se recomienda planear cuidadosamente la visita con antelación.

capilla sixtina
Entrada: 12 €
(reducida 8 €).
Horario: marzo-octubre
8.45-16.45, acceso hasta
las 15.20 y noviembre-
febrero 8.45-13.45,
acceso hasta las 12.20.
Los domingos los Museos
Vaticanos permanecen
cerrados, excepto el último domingo de cada
mes. La entrada es gra-
tuita, pero las colas son
aún mayores, por lo que
no resulta una ocasión
recomendable.

Siete kilómetros de arte

el **Camarlengo**

El periodo que va desde la muerte del Papa hasta la elección de su sucesor se denomina periodo de sede vacante, que en latín significa que la silla está vacía. Durante este tiempo todas las actuaciones de las personalidades eclesiásticas se rigen según la Constitución Apostólica llamada *Universi Dominici Gregis*.

En el transcurso de sede vacante, el camarlengo (que significa ayuda de cámara en italiano) y otros tres cardenales designados a suertes asumen de manera provisional el gobierno de la Iglesia. Su misión consiste en organizar el sepelio del difunto Papa y el cónclave. De ningún modo el camarlengo es un "simple sacerdote" o un "criado personal" del Papa *(página 161)*. Se trata siempre de un cardenal y, tras el Papa y el secretario cardenalicio, ocupa el tercer lugar en la jerarquía del Vaticano. El actual camarlengo es el español Eduardo Martínez Somalo, de 79 años, una edad muy poco apropiada para saltar desde un helicóptero…

El camarlengo certifica oficialmente la muerte del Papa. Ha de ser en presencia del maestro de ceremonias litúrgicas pontificias, los prelados, el secretario y el canciller de la cámara apostólica. No es necesario indicar la causa de la muerte en el certificado de defunción, ni obligatorio practicar una autopsia. Antiguamente, el camarlengo golpeaba tres veces la frente del difunto con un pequeño martillo de plata mientras le preguntaba, llamándole por su nombre de pila, si estaba muerto. El papa Juan Pablo II suprimió este antiguo ritual en el año 1996. El cardenal camarlengo le quita al finado el anillo del pescador, símbolo de su poder, y después procede a sellar el despacho y sus aposentos privados. Para evitar abusos, el anillo y el sello de plomo del Papa son destruidos en la primera asamblea de cardenales: en este momento sí que les vendría bien el martillo de plata. La elección del momento para dar a conocer públicamente la muerte del Papa es potestad del camarlengo. Se comunica en primer lugar al vicario cardenalicio de Roma, que es el encargado de informar a los fieles del mundo.

Relación de todos los Papas hasta el año 2005

el **Cónclave**

Si hay algo que supere en complicaciones unas elecciones secretas, es, sin duda, la elección del Papa. El nombramiento del nuevo jefe de la Iglesia católica se realiza conforme a ciertas reglas y rituales descritos hasta el más mínimo detalle y en el más estricto secreto. Para elegir al Papa, los cardenales se reúnen en un aposento cerrado o cónclave (del latín *cum*, con y *clavis*, llave). Sólo pueden votar los menores de 80 años, lo que convierte al Vaticano en el único Estado del mundo en el que el derecho al sufragio tiene un límite de edad máxima.

El cónclave comienza entre quince y veinte días tras el inicio del periodo de sede vacante con una misa en la basílica de San Pedro y el posterior traslado de todos los cardenales con derecho a voto a la Capilla Sixtina, lugar donde se celebran las votaciones. Todos los presentes comparecen bajo juramento de guardar el más estricto secreto. Durante este tiempo, los cardenales no pueden cruzar ni una sola palabra con los que se quedan fuera, ni hablar por teléfono, ver la televisión o enviar mensajes. Se trata, al parecer, de que la voluntad del Espíritu Santo pueda ser recibida sin interferencia alguna. La Capilla Sixtina se somete previamente a un minucioso examen, desde el suelo hasta el techo, en busca de posibles mecanismos electrónicos o cámaras ocultas, al igual que la residencia provisional de los purpurados, la hospedería Domus Sanctae Marthae. En el trayecto entre ésta y la capilla, los cardenales permanecen también impenetrablemente blindados frente al mundo exterior.

El camarlengo en persona cierra las puertas, y las ventanas se cubren con cortinas. Y entonces, 115 cardenales de edad avanzada (la media es de 71 años), que provienen de 54 países diferentes, se afanan por dar respuesta a la cuestión de quién debe ser el próximo Papa. En la semana anterior las dos facciones, conservadora y liberal, han buscado adhesiones y cerrado alianzas en sesiones secretas antes de dar paso a la Política con mayúsculas. Pero al contrario de lo que ocurre con la de los partidos que nos son tan familiares,

Celebrando una misa

aquí no hay mítines, ni reparto de bolígrafos y banderitas. Por lo que respecta a los *preferiti*, los candidatos con más posibilidades en realidad se denominan *papabili*, y además, según se dice, el que entra como futuro Papa en el cónclave, sale como cardenal.

La elección tiene lugar mediante votaciones secretas. (El interlocutor del reportero de la BBC Gunter Glick en la novela *Ángeles y Demonios* se equivoca: ésta es la única manera de elegir al Papa. La elección por aclamación o *quasi* inspiración fue abolida por Juan Pablo II, fallecido en abril de 2005). Cada cardenal escribe un nombre en un papel, lo dobla e introduce en una bandeja, mientras pronuncia la siguiente fórmula: "Pongo por testigo a Dios nuestro Señor, quien será mi juez, que otorgo mi voto al que considero ante Dios que debería ser elegido". Tras comprobar que nadie ha hecho trampa y ha metido, por ejemplo, dos papelitos, comienza el recuento. Resulta elegido aquel que reúna más de dos tercios de los votos. Se realizan dos votaciones por la mañana y dos por la tarde. Si no hay resultado en la primera, se procede de inmediato a la segunda. Sólo entonces se queman todas las papeletas juntas en una estufa utilizada exclusivamente para este fin. Las personas que permanecen fuera miran expectantes el color de la fumata: ¿negra o blanca?

Si el humo es negro significa que hay que seguir esperando. Y puede que mucho. El récord está en un cónclave que duró tres años, aunque eso fue hace unos 800 años. Pero llega un momento en que la legendaria fumata blanca hace su aparición por la chimenea, que en 2005 ha ido acompañada del repique de las campanas. Más de mil millones de católicos de todo el mundo tienen un nuevo jefe. A los que esperan en la plaza de San Pedro y por los medios de comunicación se anuncia: "Habemus papam!" (¡Tenemos Papa!). O como un periódico alemán formulaba alegremente en su portada en abril de 2005, tras la elección de su compatriota Joseph Ratzinger: "Wir sind Papst!" (¡Somos Papa!) Finalmente, el Papa recién elegido imparte su primera bendición *urbi et orbi* a la multitud congregada.

plaza de **San Pedro**

El dedo del ángel de la capilla Chigi en la iglesia Santa Maria del Popolo indica a Robert Langdon el camino hacia la próxima parada en su búsqueda: el obelisco de la plaza de San Pedro. A sus pies se encuentra una representación del elemento aire en forma de un bajorrelieve incrustado en el suelo.

Se llega por la amplia Via della Conziliazione, se cruza la frontera italo-vaticana, una discreta línea de mármol de color claro a la entrada de la plaza de San Pedro, y de pronto queda uno fascinado. Casi todos la conocemos por haberla visto en la televisión, también el balcón en la basílica de San Pedro, llamado Logia de las Bendiciones, desde el cual el Papa imparte la bendición *urbi et orbi*. Es precisamente en este balcón donde el camarlengo Carlo Ventresca encuentra su espectacular final, envuelto en una columna de fuego.

La plaza de San Pedro tiene forma ovalada, 340 metros de largo y 240 de ancho. La columnata semicircular que la rodea parece abrazar maternalmente a los visitantes. Consta de 284 columnas, distribuidas en cuatro filas, sobre las cuales

Los santos de la fachada son testigos del asesinato

se alzan las estatuas vigilantes de 140 santos. A medio camino entre la fuente y el obelisco hay dos pequeñas placas redondas sobre el suelo.

Si nos colocamos sobre una de ellas, observaremos con asombro que sólo se ve una fila de columnas, pues las de las filas posteriores quedan completamente ocultas por la primera.

Esta idea genial se debe a Gian Lorenzo Bernini, que remodeló la plaza de San Pedro entre 1656 y 1667.

En mitad de la plaza se alza un obelisco de 26 metros de altura custodiado por cuatro leones de bronce. En el 39 d.C. Calígula hizo trasladar el obelisco desde Heliopolis a Roma para colocarlo en el circo de Nerón. En el año 1585 el papa Sixto V ordenó su traslado a la plaza de San Pedro. En su remate se guarda una reliquia de la Santa Cruz. Al pie del obelisco aparece el segundo cardenal asesinado, con el pecho marcado a fuego con la palabra *air* (aire).

La placa de mármol que busca Robert Langdon con el símbolo del viento de poniente, *West Ponente*, la descubriremos muy cerca del obelisco. Pero además de este bajorrelieve, hay otros quince vientos distribuidos por toda la plaza. Se nos escapa por completo por qué es precisamente éste la señal determinante para la siguiente pista.

El símbolo del viento de poniente guía hacia el siguiente escenario

basílica de **San Pedro**

Se la conoce por muchos nombres: basílica de San Pedro, catedral de San Pedro, iglesia de San Pedro, San Pedro, San Pietro... Es el lugar donde, según la tradición, reposan los restos mortales del apóstol san Pedro. Constantino mandó construir a principios del siglo IV la primera iglesia de San Pietro. Con el paso del tiempo, la iglesia fue perdiendo su suntuosidad y deteriorándose. Tras el regreso de los Papas de Avignon, se decidió construir una nueva en el mismo emplazamiento. Con el papa Julio II, en el año 1506 se puso la primera piedra para la nueva iglesia, que habría de convertirse en la más grande de toda la cristiandad. Y lo fue hasta 1990, en que fue superada por la basílica de Nuestra Señora de la Paz construida a su imagen en Costa de Marfil. En la basílica de San Pedro, que tiene unos 15.000 metros cuadrados de superficie, caben alrededor de 60.000 fieles, como los habitantes de una pequeña ciudad.

¡Qué diabólica estratagema! La antimateria está escondida bajo la basílica de San Pedro, el santuario central de la Iglesia romana y católica. En el sepulcro de San Pedro se halla el brillante cilindro portador de muerte. ¿Llegará a explotar a medianoche?

Aquí hay espacio suficiente para acoger a 60.000 personas, casi todos los habitantes de Toledo

basílica de san pedro

Horario: 7.00-19.00 todos
los días (octubre-marzo
hasta las 18.00).
La entrada es gratuita.

Sus increíbles dimensiones pueden observarse en las placas incrustadas en el suelo de la nave central que señalan en comparación la longitud de otras famosas catedrales.

Las obras de su construcción duraron 120 años, hasta que fue consagrada por el papa Urbano VIII en 1626. Intervinieron todos los grandes arquitectos del Renacimiento y barroco, como Bramante, Rafael o Miguel Ángel, siendo Bernini el que le dio el toque final al conjunto. Sin embargo, la actual fachada no es obra de Bernini, sino del arquitecto Carlo Maderno.

En su interior se albergan tesoros que superan a los de muchos museos. Nada más entrar, en la primera capilla de la derecha se halla la *Pietà*, realizada por Miguel Ángel a los 25 años de edad. Desde que en 1972 sufriera un ataque a martillazos por parte de un perturbado, la estatua permanece rodeada por un cristal blindado. Hay que mencionar también el baldaquino de bronce, obra de Bernini, situado sobre el altar papal, para cuya construcción se empleó el bronce proveniente del expolio del Panteón. Junto al altar se encuentra la estatua de bronce de san Pedro. A lo largo de los siglos, las caricias y los besos de millones de peregrinos mantienen su pie derecho bien pulido.

Aquí estaba escondida la antimateria, en la tumba de San Pedro

Cerca de la estatua una estrecha escalera conduce hasta las Sagradas Grutas Vaticanas, donde se encuentra la tumba de san Pedro.

No es necesario en absoluto, como se asegura en *Ángeles y Demonios*, descender dos pisos para acceder a la tumba, pues se halla directamente bajo el altar. Vemos las 99 lámparas de aceite que rodean la tumba. En realidad se trata de lamparillas muy pequeñas; por lo tanto, ¿cómo pudo el camarlengo empapar su ropa con el poco aceite que contienen?

Unos veinte pasos más allá se encuentra un pequeño nicho sobre el suelo, con una lápida de mármol blanco de Carrara. En los últimos meses, esta sencilla placa de mármol puede que haya sido visitada por más peregrinos que la tumba de san Pedro, pues debajo reposan los restos mortales del papa Juan Pablo II.

El Panteón sacrificó su bronce para este altar

Si Robert y Sophie hubieran tenido más tiempo... *seguro que habrían ido a ver:*

cúpula de la basílica de **San Pedro**

Merece la pena subir a la cúpula de la basílica de San Pedro. Sobre todo cuando hace buen tiempo, puesto que ofrece una maravillosa vista de la ciudad desde sus 120 metros de altura. Puede subir en ascensor a la terraza del Vaticano o, si está en forma, atreverse con los 537 escalones y hacerlo a pie. A partir de aquí, hay unas escaleras interiores hasta lo alto de la cúpula.

la **Necrópolis**

La Necrópolis sólo puede visitarse previa petición y dentro de una visita guiada (entrada 9 €). La reserva debe realizarse por escrito con veinte días de antelación como mínimo, indicando la fecha elegida y una alternativa.

cúpula de san pedro
Horario: 8.00-18.00 todos los días (octubre-marzo hasta las 17.00).
Entrada: 4 €, con ascensor 5 €.

ufficcio scavi-fabbrica di san pietro
00120 Città del Vaticano.
cavi@fsp.va

asociación de peregrinos de la iglesia
Manuel Montilla, 12.
Tel. 91 359 01 12.
www.peregrinosdelaiglesia.org

piazza della **Rotonda**

En los Archivos Secretos del Vaticano, Robert encuentra en un libro de Galileo Galilei un poema de John Milton, que indica la existencia de un misterioso sendero que atraviesa Roma. Se supone que al final del recorrido se encuentra la guarida secreta de los Illuminati.

Santi es el apellido del artista conocido por todos por su nombre de pila, Rafael. Robert interpreta "la tumba terrenal de San" como la tumba de Rafael, que se encuentra en el Panteón.

La Piazza della Rotonda es conocida por todos los romanos como la Piazza del Pantheon, dada la preeminencia en el lugar del antiguo monumento. La plaza que alberga la fuente y el pequeño obelisco está rodeada de restaurantes y terrazas que bullen durante todo el día con la presencia de los turistas. Hasta la noche no hacen su aparición los lugareños para ocupar los bares y cafés.

Es inevitable sonreír ante una placa que nos recuerda que en el siglo XVIII, por orden del Papa, la plaza fue desalojada de tabernas sospechosas. Es curioso que hoy la placa esté justo en la fachada del McDonald's, enfrente del Panteón.

el **Panteón**

El Panteón es el edificio mejor conservado de la antigüedad romana, pero no la iglesia católica más antigua de Roma, como afirma Robert Langdon en la novela. Ésta es la antigua residencia de los Papas en San Juan de Letrán, construida en el siglo IV bajo el mandato del emperador Constantino. Desde hace dos milenios el Panteón ha padecido incendios, inundaciones, terremotos y numerosas guerras.

Marco Agripa, yerno del emperador Augusto, mandó construir este monumento en el año 27 a.C. Su aspecto actual se debe a una reforma acometida bajo el mandato de Adriano en el año 125 d.C. Las diferencias con el edificio original son esenciales, a excepción de la inscripción que luce la fachada que hace referencia al constructor original: MAR(CUS) AGRIPPA L(UCCI) F(ILIUS)CO(N)S(UL) TERTIUM FECIT Lo cual significa "Marco Agripa, el hijo de Lucio, siendo cónsul por tercera vez, construyó este templo".

Originariamente, este Panteón era un santuario consagrado al culto a todos los dioses (del griego *pan*, todos y *theoi*, dioses). La cúpula simbolizaba

la bóveda celestial. En el año 609 el papa Bonifa-
cio IV la consagró como iglesia católica, con el
nombre de Santa María de los Mártires. De esta
manera, al contrario que otros muchos monumentos paganos, logró superar sin grandes per-
juicios los siglos de cristianización. El último
"expolio" cae sobre la conciencia del papa Urbano
VIII, de la familia Barberini, que en 1632 hizo
retirar las placas de bronce del tejado del pórtico
para que Bernini dispusiera de material para
construir el baldaquino del altar en la basílica de
San Pedro. Los romanos desde entonces tienen
un dicho: "Lo que los bárbaros no lograron, lo
lograron los Barberini".

El Panteón es una obra maestra de la arquitectura. La magnífica cúpula es absolutamente
genial. Tiene un diámetro de 43,3 metros, que
coincide exactamente con la altura del edificio.
Esto significa que una esfera de este diámetro
cabría perfectamente en el interior del Panteón.
La cúpula está decorada con casetones que ser-
vían para reducir su peso. La única fuente de luz
es el *oculus* cenital, un gran orificio que se abre
en el punto más alto de la cúpula, el supuesto
"agujero del demonio" *(página 272)*.

No sólo la luz y el aire entran por el oculus, sino
evidentemente también la lluvia. Para recogerla
hay veintidós desagües en medio del suelo de

Magníficamente conservado,
el Panteón fue construido
hace 2.000 años.

Una idea genial: los casetones que decoran la cúpula atenúan su peso

panteón

Piazza della Rotonda.
Horario: 8.30-19.30
lunes-sábado,
9.00-18-00 domingo,
9.00-13.00 festivos.
Misa: 17.00 sábado,
10.30 y 16.30 domingo.

mármol que la conducen hasta las cisternas. La cúpula fue durante más de mil años la mayor de todo el mundo. Fue superada en 1436 por la de la catedral de Florencia, con un diámetro de 45 metros. Por si quiere comparar, sepa que la cúpula de la basílica de San Pedro tiene 1,40 metros menos.

En las paredes hay siete nichos, que en su día estuvieron ocupados por las estatuas de los dioses. Alrededor de las cuatro de la tarde, la luz del sol que se cuela por el *oculus* incide sobre los nichos que están en el lado izquierdo. Aquí, bajo una estatua de santa María, se encuentra la tumba de Rafael. *Ossa et cineres*, puede leerse sobre el sencillo sarcófago de mármol, que significa huesos y cenizas. La inscripción fue compuesta por el veneciano Pietro Bembo: *Ille hic est Raffael...* "Aquí yace Rafael... Cuando vivía, la naturaleza, la gran madre de las cosas, temía ser vencida. A su muerte, tuvo miedo de morir con él."

En el Panteón encontramos otra destacada personalidad: en la sexta capilla se encuentra la tumba del primer rey italiano, Víctor Manuel II. Si lo desea, puede firmar a favor de la reinstauración de la monarquía en un libro dispuesto a tal fin junto al sepulcro.

Si Robert y Sophie hubieran tenido más tiempo... seguro que habrían ido a ver:

piazza della **Minerva**

Dejando el Panteón a la izquierda, un par de pasos más allá se sitúa la Piazza della Minerva. Lo que encontramos pondría los pelos de punta a cualquier defensor de los animales: un pobre elefante, pequeñito, con un pesadísimo obelisco en su lomo. Aunque con sus 5,5 metros de altura sea el más pequeño de todos los obeliscos romanos... ¡Bernini tuvo poca consideración con el animal!

El elefante parece soportar el obelisco

sastrería **Gammarelli**

Muy cerca encontramos la pasarela de la moda eclesiástica. El cartel de una discreta tienda anuncia *Gammarelli, Sartoria per Ecclesiastici* (sastrería para eclesiásticos). Desde hace más de 160 años realizan las vestimentas del Papa y otras eminencias romanas. Pero el cliente secular también puede permitirse comprar algo aquí: ¿qué tal un par de calcetines en color rojo cardenal por sólo 10 €?

gammarelli
Via di Santa Chiara 34.
Horario: 9.00-18.00
lunes-viernes.

gelateria giolitti
Via Uffici del Vicario 40.
Horario: 7.00-13.00 todos
los días.

gelateria **Giolitti**

Con el tiempo se ha convertido en un secreto a voces, pero, aun así, sus helados siguen siendo magníficos. Desde hace más de cien años, la familia Giolitti ofrece durante la temporada de frutas desde 45 a 50 sabores de helado diferentes.

Rafael

Raffaello Sanzio o Santi, más conocido como Rafael, nació según se cree el 6 de abril de 1483 en Sanzio, Urbino. Junto con Miguel Ángel y Leonardo da Vinci está considerado uno de los artistas más destacados del Renacimiento. Son muy famosos los cuadros de vírgenes, en especial la *Madonna Sixtina* (1513-1514), que hoy puede admirarse en la Gemäldegalerie de Dresde.

Las verdaderas estrellas de este óleo son, sin duda, los dos angelitos de aspecto aburrido que aparecen en el borde inferior del cuadro. Junto a la *Mona Lisa*, puede que sean uno de los motivos más conocidos de la historia de la pintura. Es poco probable que quede algún objeto que no haya sido decorado con estas dos figuritas: también hay tiendas en España que venden paragüas, lámparas, puzles… Si Rafael levantara la cabeza…

A partir de 1508, siguiendo la llamada del papa Julio II se queda en Roma. Mientras Miguel Ángel está pintando el techo de la Capilla Sixtina, él comienza a decorar con frescos las paredes de los aposentos papales, las llamadas Estancias Vaticanas. Los frescos de la Stanza della Signatura constituyen la obra más destacada de Rafael *(véase el capítulo sobre el Vaticano)*.

En el año 1514 el papa León X encomendó a Rafael la dirección de las obras de la basílica de San Pedro. Otro mecenas muy importante en Roma era el banquero Agostino Chigi. Rafael proyectó los planos para la capilla Chigi en la iglesia de Santa Maria del Popolo además de diversos frescos para su casa, Villa Farnesina.

El Viernes Santo del año 1520, Rafael muere en Roma como consecuencia de unas fuertes fiebres, el mismo día en que cumplía 37 años. Sólo un día después de su muerte fue enterrado en el Panteón con una multitudinaria asistencia de los romanos: no le trasladaron allí en 1759 como dice Dan Brown.

Los restos mortales de Rafael nunca descansaron en su pueblo natal de Urbino, por lo que no existió la supuesta placa al respecto en el Panteón.

Un popular motivo para postales: los angelitos del borde inferior del cuadro

piazza del **Popolo**

La Piazza del Popolo es una de las plazas más
grandes de Roma y prácticamente constituye la
entrada norte a la ciudad. Impresiona el obelisco que se alza en su centro. La actual forma
ovalada de la plaza es obra del arquitecto Giu-
seppe Valadier de la época napoleónica, a principios del siglo XIX, así como la fuente con sus
cuatro leones egipcios que la rodean.
En su lado norte la plaza está dominada por
la imponente Porta del Popolo, que conduce
a la Via Flaminia. Desde el año 220 a.C. la Via
Flaminia, una de las arterias principales para el
tráfico de la ciudad, comunica Roma con la
costa del Adriático. En el siglo XVI fue construida la Porta del Popolo, una gran puerta destina-
da a impresionar a los que se acercaban a la
capital. Un siglo después el papa Alejandro VII
la remodeló para convertirla en la puerta más
grandiosa y opulenta de la ciudad de Roma.
La fachada interior fue recubierta con lujosas
tallas de Bernini.
Destaca claramente "una estrella brillante sobre
una pila de piedras triangular", o como deduce
Robert Langdon "una fuente de iluminación
sobre una pirámide" *(página 292).* Sin embargo,
este símbolo no tiene nada que ver con alianzas
secretas. Es el escudo de Fabio Chigi, elegido
Papa, Alejandro VII, en el año 1655. Su
influencia cambió radicalmente el aspecto de
Roma, por lo que su escudo figura en muchos
edificios y monumentos de la ciudad.
En el centro de la plaza ovalada se halla un obelisco egipcio de granito rosa que tiene 3.000
años de antigüedad y una altura de 24 metros
(36 metros si se cuenta el pedestal). Es el segundo en tamaño de Roma y el primero que ven los
visitantes que llegan a la ciudad desde el norte
en dirección a la Via Flaminia, por lo que también se le conoce como el obelisco Flaminio.

Robert y Vittoria descu-
bren horrorizados que
se han equivocado al ir
al Panteón. Con ayuda
de un guía romano
averiguan que la
"tumba terrenal de
Santi" no es la propia
tumba de Rafael, sino
una tumba que cons-
truyó en la iglesia de
Santa Maria del Popolo
al norte de la ciudad.
Para recorrer el kilóme-
tro y medio que les
separa de allí a través
de la Via della Scrofa,
el taxista que les lleva
tarda poco más de un
minuto hasta llegar a
la Piazza del Popolo
(...eso equivale a una
velocidad media de
90 km/h, ¡demasiado
incluso para un taxista
romano!).

El obelisco fue traído a Roma en la época de Augusto tras la conquista de Egipto y colocado en el Circus Maximus. En el año 1589, bajo el mandado del papa Sixto V, fue colocado en su actual ubicación.

En el lado sur podemos ver las iglesias "gemelas" de Santa Maria dei Miracoli (a la derecha según se mira desde la plaza) y Santa Maria in Montesano (a la izquierda). A pesar de que las iglesias parecen idénticas a primera vista, son bastante diferentes. La iglesia de la derecha tiene una cúpula redonda, mientras que la de la izquierda es ovalada. Ambas flanquean el paso hacia la zona comercial de Via del Corso. No se moleste en buscar la iglesia de Santa Maria del Popolo "torcida sobre una colina situada en la esquina sudeste de la plaza" *(página 292).* Se sitúa en el lado norte y su entrada, junto a la Porta del Popolo.

santa maria del **Popolo**

Robert y Vittoria logran acceder a la iglesia por un pasadizo lateral que encuentran a espaldas de la iglesia. Buscan el "agujero del demonio". Nosotros preferimos el camino habitual a través de la entrada principal, ya que la callejuela que discurre junto al costado derecho de la iglesia que describe el autor es fruto de su imaginación.

Cuenta la leyenda que en el año 1099 el papa Pascual II mandó talar un nogal que albergaba el alma maldita del emperador Nerón, y ordenó construir una capilla en honor de la Virgen. Entre 1472 y 1479, bajo el pontificado de Sixto IV, la iglesia fue remodelada por completo y convertida en la primera iglesia renacentista de Roma.

¿Un símbolo secreto?

capilla **Chigi**

Entrando a la izquierda, en el segundo nicho, se encuentra la capilla Chigi, el primer altar de las ciencias, que fue diseñado y construido por Rafael entre 1513 y 1516 por encargo de un acaudalado banquero de Siena, Agostino Chigi. En este punto de la novela *Ángeles y Demonios* Dan Brown ha dado rienda suelta a su imaginación: aquí no hay ninguna placa que haga referencia a la tumba de Alejandro Chigi. Y de haberla, hubiera sido para indicar la basílica de San Pedro. Pues Chigi no se llamaba Alejandro, sino Fabio, y no fue elegido Papa hasta el siglo XVII con el nombre de Alejandro VII. Los que están enterrados en esta capilla son Agustín Chigi y su hermano Segismundo.

La capilla está llena de mármol rojizo reluciente. Al mirar hacia arriba podemos contemplar las impresionantes imágenes diseñadas por Rafael y realizadas por el escultor Lorenzetto que representan la Creación de los planetas. A derecha e izquierda de la capilla hay dos pirámides: las lápidas de los Chigi son realmente muy poco habituales para una iglesia católica. En el suelo descubrimos el mosaico sobre una piedra circular que representa un esqueleto arrodillado y cierra el acceso al pozo mortuorio. Acabamos de encontrar "el agujero del demonio". No se puede bajar a la gruta subterránea en la que en la novela *Ángeles y Demonios* es encontrado el primer cardenal con la palabra *earth* (tierra) marcada a fuego en el pecho. Detrás de la pirámide que está a la derecha se encuentra la obra de Bernini *Habakkuk y el Ángel* (1655). Ambas figuras señalan en direcciones opuestas, pero como dice el poema: "Que ángeles guíen tu búsqueda" *(página 318)*. Incluso sin necesidad del dedo apuntador, de hecho no lo tiene, el arcángel san Miguel señala al sudeste, en dirección a la basílica de San

El agujero del demonio: aquí encuentra la muerte el primer cardenal

Un ángel travieso

santa maria del popolo
Piazza del Popolo 12.
Horario: 7.00-11.00 todos
los días, 11.30-12.00 y
15.30-18.00 domingos
y festivos.

Pedro. Pero en contra de lo que dice Robert Langdon, no todos los frescos y esculturas son obra de Bernini. Las estatuas de Jonás y la ballena así como la de Elías se deben a Lorenzetto. La oportunidad de contemplar pinturas de los antiguos maestros de forma gratuita no es demasiado habitual ni siquiera en Roma.

Antes de seguir hacia la próxima estación del recorrido, nos detendremos a contemplar los dos *caravaggio* que alberga la capilla Cerasi a la izquierda del altar. *La crucifixión de Pedro* y *La conversión de Pablo* impresionan por el dramatismo del contraste entre claros y oscuros, la técnica del *chiaroscuro*.

También merece la pena visitar la capilla Cybo, justo enfrente de la capilla Chigi. La composición de mármoles de las más diversas tonalidades la convierte en una de las capillas más valiosas de todo Roma.

Son también magníficos los frescos de Pinturicchio en la capilla Della Rovere, así como el que preside el altar, *La Adoración del Niño*. Las explicaciones que figuran en las placas de cada capilla resultan de suma utilidad.

Si Robert y Sophie hubieran tenido más tiempo… *seguro que habrían ido a ver:*

via del **Corso**

La Via del Corso es una calle comercial de kilómetro y medio de longitud aproximadamente, con numerosas *boutiques* que ofrecen moda a precios razonables. Es uno de los paseos favoritos de los romanos. El gran Wolfgang von Goethe pasó entre 1786 y 1788 una de las épocas más felices de su vida en Via del Corso 18, un edificio que en la actualidad alberga el museo Casa di Goethe.

café rosati
Piazza del Popolo 4/5a.
Horario: 7.30-12.00 todos los días.

café **Rosati**

En la misma Piazza del Popolo se encuentra Rosati, un café que conserva toda su elegancia y donde en los años cincuenta y sesenta se daban cita intelectuales y artistas. Actualmente está lleno de visitantes que se detienen a recobrar fuerzas en este bello local, a pesar de no ser barato.

Entre las iglesias gemelas se llega a la Vía del Corso

gian lorenzo bernini
y el **Vaticano**

Vittoria y Robert descubren que Bernini era el maestro desconocido de los Illuminati. Amparado en su condición de favorito del Papa, logró crear en medio de Roma el Sendero de la Iluminación.

Ningún artista ha influido tanto en la imagen de la ciudad eterna como el gran maestro del barroco romano, Gian Lorenzo Bernini. A lo largo de siete décadas sirvió a ocho Papas diferentes, primero como escultor y posteriormente como arquitecto.

Bernini nació en Nápoles en 1598 y era hijo de un escultor. En 1600 se trasladó con su familia a Roma. Fue aprendiz de su padre, Pietro, y desde muy joven dio muestras de su extraordinario talento. A través de su mentor, el cardenal Maffeo Barberini, llamó la atención de un gran coleccionista de arte, Scipione Borghese, que le encargó las esculturas del *David* y *Apolo y Dafne*. Estas primeras obras están expuestas en la actualidad en Villa Borghese.

El gran éxito le llegó a Bernini cuando el cardenal Maffeo Barberini fue elegido Papa en 1623, con el nombre de Urbano VIII. Era una verdadera proeza, tener semejante mentor a los 24 años de edad. El nuevo Papa confió a Bernini de inmediato la renovación de la basílica de San Pedro. El artista, ilusionado con el encargo, le demostró su agradecimiento con una de sus obras más impresionantes, el baldaquino de bronce para el altar. El príncipe de la Iglesia gastó grandes cantidades de dinero a través de su artista favorito para el embellecimiento de Roma, cosa que a Bernini le vino muy bien para poder completar el Palazzo Barberini y realizar algunas fuentes, como la del Tritón o la de las Abejas y algunas tumbas.

Con el papa Inocencio X (1644-1655), de la familia de los Pamphilj, Bernini salió perjudicado al principio, pues el Pontífice prefirió como constructor a su enemigo acérrimo, Francesco Borromini.

Bernini se retiró entonces de la vida pública, pero no estuvo inactivo sino trabajando en la construcción de la capilla de la Coronación, donde se encuentra *El éxtasis de santa Teresa*. En el año 1647 obtuvo un importante encargo de la Iglesia: el papa Inocencio quedó tan impresionado por la maqueta en plata de la Fuente de

los Cuatro Ríos que le hizo llegar Bernini, que le encargó a él su construcción en lugar de a su rival Borromini. Se llegó a decir que Bernini había robado la idea de su contrincante, lo cual no contribuyó, como es lógico, a mejorar la relación entre ambos maestros.

En el año 1655 Fabio Chigi fue elegido Papa con el nombre de Alejandro VII y reanimó la ambiciosa política artística característica de Urbano VIII. Él también era un gran admirador de Bernini, así que éste pudo construir las magníficas columnas de la plaza de San Pedro, la Scala Regia en el Vaticano y la Cathedra Petri en la basílica de San Pedro. Diseñó la perla de la arquitectura barroca, Sant'Andrea al Quirinale, la parte interior de la Porta del Popolo y la escultura de *Habakkuk y el Ángel* en la capilla Chigi de la iglesia de Santa Maria del Popolo. La última obra de Bernini para el papa Alejandro fue el *Elefante con obelisco* de la Piazza della Minerva.

El papa Clemente IX fue más moderado que sus predecesores en lo que se refiere a la suntuosidad de sus encargos. Durante los dos años y medio que duró su pontificado (1667-1669), Bernini proyectó los ángeles que adornan el puente de Sant'Angelo, que fueron esculpidos por los aprendices de su taller.

Antes de morir en 1680 a los 82 años de edad, Bernini conoció a dos Papas más: Clemente X (1670-1676) e Inocencio XI (1679-1689). Sus restos mortales reposan en la actualidad en la iglesia Santa Maria Maggiore. El artista, que tan fastuosas tumbas creó para los demás, descansa humildemente bajo una sencilla lápida junto al altar del Papa.

Otra de las obras maestras de Bernini: el baldaquino de bronce en el altar de la basílica de San Pedro

piazza **Barberini**

La Piazza Barberini parece una isla en medio del abundante tráfico de Via Barberini. Si confía en las palabras de Robert y se pone a buscar la iglesia por la plaza, acabará frotándose los ojos asombrado de no ver nada. Pero ya que se halla aquí, puede deleitarse contemplando la fuente que ocupa el centro de la plaza, la llamada Fuente del Tritón que data del año 1623. Su autor no es otro que Bernini, y muestra unos delfines que soportan una enorme concha en la que el dios marino Tritón figura arrodillado. Detrás podemos ver el Hotel Bernini, en el que Robert y Vittoria pasan la noche juntos después de haber cumplido su misión. ¿Será cierto que hicieron posturas de yoga?

El bajorrelieve de la plaza de San Pedro indica que el camino sigue hacia el oeste. En los Archivos Vaticanos Robert encuentra en una lista de las obras de Bernini una referencia a la escultura *El éxtasis de santa Teresa*. Esta conocida obra de Bernini se encuentra en la iglesia Santa Maria della Vittoria. Acompañado por el comandante Olivetti de la Guardia Suiza, se pone de inmediato en camino.

santa maria della **Vittoria**

Seguimos ascendiendo desde la Via Barberini, torcemos a la derecha y enseguida nos vemos flanqueados por dos iglesias. La de la izquierda es la que buscamos, la iglesia barroca de Santa Maria della Vittoria, cuya sencilla fachada de

Una santa en pleno éxtasis: el tercer altar de la ciencia

ningún modo permite imaginar que alberga la
escultura que el mismo Bernini calificó como su
obra maestra: *El éxtasis de santa Teresa.*
Afortunadamente no tendremos que enfrentar-
nos a la visión de un cardenal envuelto en llamas en mitad de la iglesia.

Delante del altar, en una capilla a la izquierda
que lleva el nombre de la familia de los donan-
tes, los Coronaro, se encuentra la famosa escultura. Separada de la iglesia por una balaustrada,
esta impresionante obra de arte se presenta al
observador como si estuviese suspendida en el
aire. No se ven en ninguna parte los soportes
que sostienen las toneladas que pesa el mármol
de Carrara. Resulta absolutamente ilusorio.
Representa a un ángel flotando, a punto de
traspasar el corazón de santa Teresa con su
saeta. Bernini se inspiró en la biografía de la
santa para interpretar este momento de éxtasis.
Al contemplar la intensidad de la representación no resulta difícil comprender que en su
época diera lugar a un escándalo. Pero Robert
Langdon se equivoca: esta escultura nunca fue
colocada en el Vaticano ni rechazada poco después porque era "demasiado explícita sexual-
mente" *(página 373).* Y menos por orden de
Urbano VIII, que había muerto en 1644, cinco
años antes de que la obra estuviera terminada.

santa maria della
vittoria
Via XX Settembre 17.
Horario: 7.30-11.00,
11.30-12.00 y 15.30-
18.00 lunes-sábado,
8.45-10.00 y 15.30-18.30
domingos y festivos.

Si Robert y Sophie hubieran tenido más tiempo... seguro que habrían ido a ver:

fontana di **Trevi**

Al salir por la Via del Tritone desde la Piazza Barberini, hay una calle a la izquierda, donde no hay más que dejarse llevar por los grupos de turistas. Antes de llegar a verla, ya se puede percibir el rumor de la fuente más grande y famosa de Roma, quizás de todo el mundo. Esta impresionante obra de arte, excepcionalmente, no se debe a Bernini, sino a Nicola Salvini, que la construyó en el año 1762. La Fontana di Trevi se hizo muy famosa por la escena del baño en el clásico de Fellini *La dolce vita* del año 1959. Pero que a nadie se le ocurra emular a Anita Ekberg: está estrictamente prohibido bañarse en la fuente. Tampoco está permitido coger las monedas que arrojan los turistas durante todo el año. Según la leyenda, si te pones de espalda a la fuente y tiras una moneda al agua con la mano derecha, algún día volverás a Roma. De esta manera aterrizan varios millones de euros cada año en el agua, que son recogidos y entregados a Caritas.

Millones de turistas lanzan sus monedas con la esperanza de volver

Siempre llena, aunque llueva

piazza **Navona**

La Piazza Navona constituye en sí misma una obra de arte y una de las plazas más bonitas y animadas de Roma. Resulta entretenido sentarse en la terraza de alguno de los numerosos cafés, relajarse y observar a los viandantes. En todas las guías de viaje figura desde hace años la referencia al magnífico helado tartufo de la Gelateria Tre Scalini, y con cada nueva mención el precio parece aumentar; de momento asciende a unos 8 €. Si no quiere gastar tanto, se puede sentar en los bancos de piedra con una bebida comprada en una tienda de alimentación y disfrutar del ambiente. Los émulos de Miguel Ángel retratan a los turistas, las pitonisas les echan las cartas, siempre con buenas noticias y las estatuas vivientes no se mueven si no es por un par de monedas. En fin, que únicamente en el caso de que de verdad hubiera antimateria en Roma y todo el mundo se hubiera reunido en la plaza de San Pedro o frente a las pantallas, sólo entonces podría uno imaginarse esta plaza poco antes de las once de la noche tan desierta como dice Robert Langdon en *Ángeles y Demonios*. El óvalo alargado que describe la plaza revela su origen: en su día, fue un estadio en el que durante el siglo I d.C. se celebraban torneos bajo el mandato del emperador Domiciano. Del nombre originario de Circus Agonalis se deriva el actual; *in agone* pasó a *navone* y de ahí

El ángel de la escultura de Bernini *El éxtasis de santa Teresa* indica con su saeta de fuego la dirección oeste. Robert consigue un plano de la ciudad y llega a la conclusión de que la Fuente de los Cuatro Ríos de Bernini en la Piazza Navona tiene que ser el lugar indicado.

a Navona. Hasta el siglo XIX la plaza solía inundarse cada mes de agosto. Los niños chapoteaban en el agua y los nobles hacían con sus carruajes el mismo recorrido que las cuadrigas en la Antigua Roma.

En el siglo XVII el papa Inocencio X mandó reconstruir la plaza sobre los antiguos cimientos del estadio. Su aspecto viene determinado por las fachadas barrocas, entre las que destaca la de la iglesia Sant'Agnese in Agone. El centro está ocupado por una verdadera joya: la Fontana dei Quattro Fiumi o Fuente de los Cuatro Ríos.

fuente de los **Cuatro Ríos**

En medio de la plaza se alza una fuente inmensa y legendaria, construida por Bernini entre los años 1648 y 1651. En el centro un colosal bloque de piedra soporta el obelisco. En la cúspide, a 16 metros de altura, la escultura está coronada por una paloma con una rama de olivo en el pico.

Es el ave que figura en el escudo de la familia del papa Inocencio X, los Pamphilj.

Al mirar el estanque, nos sorprende que alguien pueda ahogarse aquí por muchas cadenas que tenga alrededor del cuerpo, pues la profundidad del agua es de 40 centímetros escasos.

Los cuatro gigantes subidos sobre el pedestal representan a los cuatro grandes ríos conocidos en aquella época, y cada uno se acompaña de ejemplares de fauna y flora del continente respectivo. Además, simbolizan la autoridad de la Iglesia católica sobre el mundo entero.

En representación de Europa figura el Danubio con un caballo; por Asia, el Ganges con una serpiente rodeando un timón. La imagen del Nilo tiene la cabeza cubierta simbolizando que por entonces se desconocía el lugar de su nacimiento, ¿o quizás como señal de duelo por el robo del obelisco de su patria, Egipto?

El último, el Río de la Plata con la mano levantada, representa a América.

¿Cómo lo lograría Robert Langdon? No es nada fácil trepar por el pedestal de la fuente, y, en caso de lograrlo, la vista no podría alcanzar por encima de los edificios que rodean la plaza, ni siquiera desde lo alto del obelisco…

Si Robert y Sophie hubieran tenido más tiempo… seguro que habrían ido a ver:

sant'agnese In Agone

Frente a la fuente se encuentra la iglesia de Sant'Agnese in Agone, obra de Borromini, el mayor competidor de Bernini. Según la tradición popular, el Río de la Plata tiene el brazo levantado porque teme que esta iglesia se le caiga encima, y el Nilo esconde su cara de la vergüenza que le da la obra de Borromini. Por su parte, la estatua de santa Inés con la cabeza alzada mantiene una postura arrogante desde la fachada de la iglesia sin dignarse a mirar la fuente de su rival. Eso dicen las malas lenguas en Roma. El hecho histórico es que la iglesia no comenzó a construirse hasta dos años después de inaugurarse la fuente. En la actualidad, la iglesia está en proceso de restauración, por lo que no puede ser visitada.

fontana del Nettuno

Al norte de la plaza se encuentra la Fontana del Nettuno y hacia el sur, la Fontana del Moro. Merece la pena detener la mirada en los rostros de las estatuas que escupen agua y en los pequeños dragones.

La paloma que está sobre el obelisco de la Fuente de los Cuatro Ríos, en la que el cuarto cardenal muere ahogado, revela a Robert la pista definitiva sobre la última estación del recorrido. Está mirando en dirección a uno de los monumentos más famosos de Roma: el castillo de Sant'Angelo. Aquí se encuentra la iglesia de la Iluminación. Y aquí es donde el *hassassin* mantiene a Vittoria retenida...

¿Dónde tenían prisionera a Vittoria?

puente de **Sant'Angelo**

El único acceso (oficial) al castillo de Sant'Angelo se realiza por el puente de Sant'Angelo. Es el más bello de los puentes romanos sobre el Tíber, y en la actualidad es zona peatonal. La estrada está protegida por las estatuas de los apóstoles Pedro y Pablo. Las diez estatuas de ángeles que hay a lo largo del puente fueron realizadas por los aprendices del taller de Bernini, conforme a sus bocetos entre los años 1667-1669. Mucho más actuales son las réplicas de bolsos y gafas de sol de diseño que ofrecen numerosos vendedores callejeros. Si se coincide con la aparición de los *carabinieri*, es sorprendente ver cómo los vendedores y sus mercancías se esfuman en unos segundos.

castillo de **Sant'Angelo**

El emperador romano Adriano mandó construir el edificio durante los últimos años de su vida para albergar sus restos mortales y los de su familia. Las obras terminaron en el año 139, un año después de su muerte. Durante los 80 años siguientes, el castillo sirvió como mausoleo de los soberanos romanos. En tiempos del emperador Aureliano, y debido a su estratégica ubicación, el monumento fue anexionado a la muralla de la ciudad y remodelado para contribuir a la defensa de Roma.

Aunque esté armado, no es el asesino

El nombre de castillo de Sant'Angelo, por el que se le conoce en la actualidad, proviene del año 590, cuando la peste azotaba la ciudad. El papa Gregorio Magno tuvo una visión del arcángel san Miguel sobre la fortaleza que le anunciaba el final de la epidemia mientras envainaba su espada. En recuerdo de este hecho singular se erigió una estatua de mármol sobre la cúspide del castillo, que en el siglo XVIII fue sustituida por la de bronce que podemos contemplar en la actualidad. El ángel de mármol fue trasladado al patio interior. A partir del siglo X, el castillo de Sant'Angelo pasa a ser propiedad del Papado y sirve a los Papas como refugio y residencia. En los siglos siguientes, la fortaleza fue utilizada para los más diversos fines. Durante la Edad Media fue una prisión y cámara de torturas. Uno de sus más ilustres prisioneros fue Galileo Galilei. En el año 1870 la fortaleza pasó a propiedad del Estado italiano, que la convierte en cuartel. Desde principios del siglo pasado se utiliza como museo.

Las sucesivas remodelaciones y ampliaciones dotaron al edificio de nuevas salas, patios, almacenes, escaleras y pasadizos que conforman una compleja estructura. Por eso no llegamos a comprender del todo el camino que toma Robert. Desde la entrada sube una rampa en

castillo de sant'angelo

Lungotevere Castello 50.
Horario: 9.00-19.00
martes-domingo (cerrado
lunes).
Entrada: 5 €.

espiral de 120 metros de longitud, que a primera vista parece el acceso al patio de carros del
emperador Adriano. Llegamos hasta el patio
que custodia la estatua de mármol del arcángel
san Miguel, donde comienza la visita a los aposentos papales y el museo. ¡Desconcertante!

A través de escaleras, terrazas y patios interiores se llega a diversas salas, cámaras y estancias
papales. Destaca por su belleza la sala Paulina,
con frescos del siglo XVI. Aunque sea una salida
de emergencia tiene que ser algo suntuosa,
puesto que es el Papa quien escapa por aquí.
Enseguida encontramos unos estrechos escalones que nos conducen a la terraza superior.

El esfuerzo del ascenso merece la pena, pues la
vista es sencillamente fantástica. Roma se rinde
a nuestros pies. Los aficionados a la ópera saben
que Tosca no disfrutó tanto como nosotros del
panorama, pues fue desde aquí desde donde se
arrojó a las aguas del Tíber. ¿Acaso también es
éste el camino tomado por el asesino?

La mejor vista, sin duda, es la que disfruta el
ángel de bronce. Y no es de Bernini, como asegura Robert Langdon, sino del escultor flamen-
co Pieter van Verschaffelt, del año 1752.

*El arcángel San Miguel,
esta vez sin su espada*

El camino secreto del asesino

il **Passetto**

Desde la terraza del castillo se puede ver un muro que comunica el castillo de Sant'Angelo con el Palacio Apostólico. Dentro está Il Passetto, pasadizo de escape de los Papas, un estrecho corredor de unos 800 metros de longitud.
Este pasadizo, conocido también como Corridore di Borgo, fue mandado construir por el papa Nicolás III en el siglo XII.
En el año 1527 el papa Clemente VII salvó su vida huyendo hacia el castillo de Sant'Angelo durante el saqueo de Roma. Por aquí es por donde el asesino entraba en el Vaticano sin ser visto. Nosotros no podremos utilizar este atajo, pues el acceso está cerrado al público.

Tras el salto mortal desde el helicóptero y volar colgado de la tela protectora del parabrisas como improvisado paracaídas, Robert cae en el Tíber, cerca de la orilla de la Isola Tiberina. El médico que le rescata logra reanimarle.

isola **Tiberina**

La Isola Tiberina (isla del Tíber) tiene la forma de un barco gigante en medio del río. Su nombre está asociado a la curación desde tiempos inmemoriales, y no sólo desde la peste de 1656. Ya en el año 289 a.C. se erigió aquí un templo en honor de Esculapio, dios griego de la medicina. La función curativa se ha practicado en la isla a lo largo de los siglos: el hospital de los Hermanos de San Juan de Dios (Ospedale Fatebenefratelli) es en la actualidad una moderna clínica.

En la isla, además del hospital, hay una antigua iglesia, San Bartolomeo, construida hacia el año 1000 a.C. por el emperador alemán Otón III sobre las ruinas del antiguo templo.

El Ponte Fabricio une la isla con la orilla derecha del río. Data del año 62 a.C. y es el puente más antiguo y que mejor conserva su estado original de toda la ciudad de Roma.

En esta zona del Tíber es donde cae Robert Langdon

hotel **Bernini**

El Vaticano se ha salvado, la antimateria ha resultado destruida. Como en la mayoría de las novelas de suspense, en ésta al final también todo acaba bien. Bueno, casi todo... Robert y Vittoria se recuperan de las fatigas sufridas en las últimas horas en una *suite* del Hotel Bernini. En la misma Piazza Barberini se encuentra el hotel de lujo Bernini Bristol. Su fachada más bien sencilla no permite suponer su categoría. Pero nada más entrar por la puerta, que custodia un portero uniformado, ante nuestros ojos se abre un cuadro sorprendente. Mármol brillante en diversos colores domina la zona de recepción. En este magnífico recibidor se pueden ver muebles, columnas y tapices del siglo XVII, que transportan al visitante a una época pasada.

Inaugurado a finales del siglo XIX, es uno de los hoteles de mayor tradición de la ciudad. Su ubicación al comienzo de Via Veneto, la antigua milla de oro de Roma, atrae a todo tipo de personalidades. Entre los ilustres huéspedes del Hotel Bernini Bristol se cuentan el emperador alemán Federico III, Aristóteles Onassis, sir Peter Ustinov o la actriz Anita Ekberg. Con el paso del tiempo ha sido remodelado en varias ocasiones, sin per-

¿Una habitación para practicar yoga?

Un restaurante con vistas

der nunca su majestuoso carácter. Hoy en día el hotel de cinco estrellas no recibe sólo ejecutivos, políticos o diplomáticos de todo el mundo, sino también a los viajeros que desean disfrutar del lujo de lo exclusivo.

El hotel dispone de 127 habitaciones diferentes, decoradas con gran lujo y estilo. Destacan las *suites*, incluso por su precio. Por 1.449 € se puede pasar la noche en la *suite* Presidencial y disfrutar de su magnífica terraza privada en el ático. Oficialmente ése es el precio estándar pero, en realidad, nadie lo paga. Se puede pasar la noche en esta *suite* por unos 1.000 €. Eso es otra cosa…

Como curiosidad, contar que para los aficionados al turismo de suspense se ofreció el paquete turístico *Ángeles y Demonios* hasta finales de 2006: dos noches en habitación doble con vistas a la Fuente del Tritón, desayuno incluido y entradas a un museo por 530 €.

Le recomendamos cenar en el restaurante del Hotel L'Olimpo, situado en la terraza del último piso. La vista panorámica de 360° de Roma es impresionante. No hay otro lugar en la ciudad desde el que se pueda contemplar mientras se come la cúpula iluminada de la basílica de San Pedro. Los 40 € por persona que cuesta el menú son un precio razonable para disfrutar de esta experiencia inolvidable. Como es lógico, es necesario reservar.

hotel bernini bristol
Piazza Barberini 23.
Tel. 0039 06488931.
Fax 0039 064824266.
reservationsbb@sinahotels.it
www.berninibristol.com

Ruta a pie por **Roma**

La ruta recomendada no recorre los escenarios de *Ángeles y Demonios* conforme a su aparición en la novela, sino según su ubicación real. No olvide que a ambos lados de la ruta hay otros lugares interesantes.

Comenzamos nuestro recorrido en la PIAZZA DEL POPOLO. Es fácil llegar en metro (estación Flaminio) o en numerosas líneas de autobús. Una vez aquí, entraremos en la iglesia de SANTA MARIA DEL POPOLO para contemplar el primer altar de las ciencias: la capilla Chigi con el Agujero del Demonio y la escultura de *Habakkuk y el Ángel*. Si no dispone de mucho tiempo, puede volver a tomar la línea A del metro y seguir dos estaciones hasta la parada de Barberini. Pero es mejor desplazarse por la superficie que por el subsuelo.

Desde la Piazza podemos tomar el tortuoso camino hasta los jardines del PINCIO y disfrutar de una maravillosa vista de Roma. Seguimos hacia Viale Trinità dei Monti hasta que lleguemos a la iglesia del mismo nombre, situada sobre la PIAZZA DI SPAGNA. Ambos lugares se comunican a través de la gran escalinata, mundialmente conocida. Es un punto de encuentro muy popular entre los turistas, en particular para los que viajan en grupo. Descendemos la escalinata y visitamos la Fontana della Barcaccia, la última fuente majestuosa de Bernini.

Si se sigue de frente se llega a la Via dei Condotti, la calle noble de Roma donde se encuentran las *boutiques* de los mejores diseñadores, como Armani y Valentino. Pero, lamentablemente, no disponemos de tiempo para las compras y continuamos hasta el número 86. Aquí está el café más famoso de Roma, el Antico Caffè Greco, donde Goethe disfrutaba de un buen *cappuccino*.

Damos la vuelta y nos detenemos ante la fuente que se sitúa a la derecha, en la Via Propaganda. La cuarta calle a la derecha es la Via della Mercede, y en el número 12 podemos ver una placa conmemorativa con el BUSTO DE BERNINI.

En sus 3.000 años ha visto de todo: el obelisco de la Piazza del Popolo

El artista fue propietario de todo el edificio, en el que vivió desde 1642 hasta el día de su muerte. Continuamos por la animada Via del Tritone, desde la que giramos a la izquierda. Enseguida llegamos a la PIAZZA BARBERINI con la FUENTE DEL TRITÓN. Enfrente está el Hotel Bernini, pero torceremos antes a la izquierda por la Via Vittorio Veneto. En la esquina se halla otra obra de Bernini, la Fuente de las Abejas. A la derecha hay que subir algunos escalones hasta la iglesia de SANTA MARIA DELLA CONCEZIONE. En su cripta podemos ver los restos mortales de alrededor de 4.000 monjes capuchinos, pues no están enterrados, sino que se utilizaron para decorar las paredes de la escalofriante capilla mortuoria. Incluso las lámparas están realizadas con huesos.
Después de tanto sobresalto necesitamos reponer fuerzas. Un *cappuccino* en el HOTEL BERNI-

La escalinata de Piazza di Spagna es siempre lugar de encuentro

NI nos pondrá en forma de inmediato. Una vez repuestos, seguimos por la Via Barberini, torcemos a la derecha y enseguida nos vemos rodeados por dos iglesias. La de la izquierda es la que buscamos, la iglesia barroca de SANTA MARIA DELLA VITTORIA, en la se puede ver a santa Teresa en pleno éxtasis. En la novela *Ángeles y Demonios* es aquí donde encuentra la muerte entre llamas el tercer cardenal. Tras la visita regresamos por donde habíamos venido hasta la Piazza Barberini, seguimos un poco más por la Via del Tritone y torcemos a la izquierda en la Via della Panetteria. En la GELATERIA SAN CRISPINO podemos comprar un helado y seguir a los grupos de turistas hacia la derecha. El ruido se percibe mucho antes de llegar a verla: la FONTANA DI TREVI, la más impresionante de todas las fuentes de Roma. Podemos sentarnos en los escalones, si es que queda sitio libre, para disfrutar del helado mientras se contempla el ambiente. Continuamos la ruta tras haber arrojado de espaldas la consabida moneda a la fuente, como buenos turistas. Cruzamos la Via del Corso y nos encontramos en la PIAZZA COLONNA. Los relieves de la Columna de Marco Aurelio, de 42 metros de altura, nos relatan las batallas del emperador contra los bárbaros. Nos situamos en pleno centro de la política italiana: a la derecha, el PALAZZO CHIGI, sede del primer

Al rico helado italiano: Gelateria San Crispino

ministro. Justo detrás se sitúa el Palazzo dei Montecitorio, donde se reúne el Parlamento italiano. El OBELISCO de la plaza es muy antiguo, el emperador romano lo trajo como trofeo en una de sus victorias.

Al dejar atrás el obelisco, seguimos por la Via Uffici del Vicario, donde los golosos pueden hacer un alto en la GELATERIA GIOLITTI. A la izquierda, detrás de la heladería, torcemos en la Via della Maddalena y llegamos a la Piazza della Rotonda, en la que se encuentra el PANTEÓN con la tumba de Rafael. Tras visitarla, dejamos el Panteón a la izquierda hasta llegar a la Piazza Minerva con el OBELISCO DEL ELEFANTE.

En la Via di Santa Chiara podemos admirar el escaparate de la SASTRERÍA PAPAL CAMMARELLI; luego cruzamos el transitado Corso del Rinascimento y llegamos a PIAZZA NAVONA. Podemos sentarnos en un banco de piedra y disfrutar del ambiente de esta animada plaza con sus tres fuentes. Después de detenernos tranquilamente para contemplar la FUENTE DE LOS CUATRO RÍOS, donde en la novela es asesinado el cuarto cardenal, prestaremos cierta atención a las otras dos fuentes más pequeñas. Dejamos la plaza por su lado norte y seguimos por la Via di Coronari, con numerosas tiendas de

Cúpula de la basílica de San Pedro: diseño de Miguel Ángel

antigüedades, a unos precios en su mayoría pro-
hibitivos. Al llegar al final de la calle torcemos a la
derecha para entrar en la Via di Panico; cruzamos
el Lungotevere y enseguida vemos los ángeles del
PUENTE DE SANT'ANGELO.

Habrá que andar un poco deprisa para evitar a los
vendedores ambulantes y poder llegar atravesando el puente hasta el CASTILLO DE SANT'AN-
GELO, refugio secreto de los Illuminati. Aquí
debemos comprar la primera y única entrada
del día, para poder visitar este monumento.
Intentaremos recorrer el edificio con calma y disfrutar de las vistas del Vaticano desde la terraza.

Si sólo dispone de este día para seguir las huellas
de Robert Langdon por Roma, habrá de darse
prisa para llegar a la PLAZA DE SAN PEDRO a
través de la Via della Conciliazione.

A los pies del obelisco fue asesinado el segundo
cardenal, donde se encuentra además la placa
con el bajorrelieve del viento de poniente.

Debería reservarse al menos una hora para visitar el interior de la BASÍLICA DE SAN PEDRO
y comprobar aliviado que esta maravillosa iglesia en realidad no está bajo la amenaza de la
antimateria.

Si dispone de más tiempo, debe dedicar una
mañana para visitar el Vaticano, empezando por
la Capilla Sixtina, los Museos y la nave central
de la iglesia, y terminando por el ascenso a lo
alto de la cúpula para contemplar el increíble
panorama de la Ciudad Eterna a sus pies.

Rutas organizadas por **Roma**

Existen varias organizaciones que realizan rutas de *Ángeles y Demonios* por Roma, tanto a pie como en microbús. Quienes deseen hacer el recorrido con un guía de viaje en lugar de realizarlo por su cuenta también encontrarán aquí propuestas interesantes.

roma **culta**

La asociación cultural Roma Culta ofrece recorridos (individuales o en grupo) por la Ciudad Eterna guiados por un especialista en arte e historia. Además de fechas y datos, proporciona al viajero una visión viva de la capital italiana. Organiza bajo demanda un itinerario que recorre todos los escenarios.

cultural association **Dark Rome**

El presidente de la asociación cultural es un gran relaciones públicas, pues ha logrado que todos los periódicos y revistas internacionales publiquen reportajes sobre sus actividades. Las visitas guiadas de cuatro horas de duración, que se realizan en la medida de lo posible en minibús, tienen un precio mínimo de 49 € por persona, e incluyen un *cappuccino* y la entrada al castillo de Sant'Angelo. Si prefiere algo menos multitudinario, puede reservar una visita privada por 200 € en grupos de hasta tres personas; los desplazamientos son en coche.

rome made to **Measure**

Desde hace más de siete años esta agencia, cuyo nombre significa Roma a la medida, ofrece visitas guiadas, tres de ellas sobre el tema de *Ángeles y Demonios*. La visita 1 dura seis horas y comprende la visita al Vaticano con la Capilla Sixtina, San Pedro y el castillo de Sant'Angelo. Las etapas de la segunda visita, que también dura seis horas, son Santa Maria del Popolo, la Fontana di Trevi, el Panteón, Piazza Navona, Santa Maria della Vittoria y otras iglesias.

La tercera oferta es una excursión de un día, que dura nueve horas, e incluye el almuerzo y la visita a todos los lugares mencionados. El precio no es por persona sino por grupo de dos a ocho participantes. Las dos primeras visitas cuestan 360 € más el precio de las entradas (individual 306 €), la tercera visita cuesta 440 € (individual 396 €). Si lo desea, puede visitar Roma a bordo de un *buggie*; previo pago, como es natural.

Tourome

Tourome ofrece cinco visitas diferentes, la más corta de tres horas de duración. El precio depende del número de participantes, la duración y el transporte (minibús). El precio individual, si se reserva para un mínimo de cuatro, es de 36 € por persona.

roma culta
Tel. 0039 338 7607470.
www.romaculta.it

**cultural association
dark rome**
Tel. 0039 699 700465.
www.angelsanddemons.it
ofrecen visitas en inglés
e italiano.

rome made to measure
Reserva telefónica 0039
339 6253905
o en internet
www.nerone.cc

información
en internet,
www.tourome.com

en **Avión**

Las compañías aéreas Alitalia, Iberia, Air Europa, Ryanair y Spanair, que opera con Thai Airways, ponen en servicio varias conexiones diarias a Roma desde varias ciudades españolas.

Roma cuenta con dos aeropuertos internacionales. El aeropuerto Leonardo da Vinci también es conocido con el nombre de aeropuerto de Fiumicino y sus siglas internacionales son FCO. Está situado a unos 30 kilómetros al suroeste de Roma y es utilizado sobre todo por los aviones de las grandes compañías aéreas.

compañías aéreas que llegan a **Fiumicino**
Alitalia
www.alitalia.es
Iberia
www.iberia.com
Air Europa
www.aireuropa.com
Spanair
www.spanair.com
Thai Airways
www.thaiair.com

Ciampino (CIA) es el segundo aeropuerto de Roma. Está ubicado 15 kilómetros al sureste de Roma. Numerosas compañías aéreas de bajo precio utilizan este aeropuerto para sus vuelos chárter. Además, Ciampino es el aeropuerto militar de la capital italiana, lo que significa que puede verse bloqueado en circunstancias especiales.

compañías aéreas que llegan a **Ciampino**
Ryanair
www.ryanair.com

aeropuerto de **Fiumicino**

El *Leonardo Express* circula cada 30 minutos entre
6.37 y 23.37 sin paradas hasta Termini, que es la
estación central de Roma. El trayecto dura aproximadamente 40 minutos, y el precio es de unos
9,50 €. En el aeropuerto hay que seguir los indi-
cadores de *treno* (tren) y sacar los billetes en los
expendedores automáticos del andén.

Además, desde Fiumicino sale un tren que llega
a la estación de Fara Sabrinia. Tiene paradas en
las estaciones de Trastevere, Ostiense, Tuscolana
y Tiburtina, pero no en Termini.

Los taxis son bastante caros, y en las horas
punta el atasco puede encarecer el trayecto aún
más. Es importante tomar sólo taxis oficiales,
que se reconocen fácilmente por ser blancos
y llevar taxímetro. En todas las terminales hay
una parada de taxis en la zona de llegadas.
El trayecto hasta Roma dura unos 45 minutos
y cuesta entre 45 y 50 €.

aeropuerto de **Ciampino**

Los viajeros que vuelan a Roma con Ryanair lo
tienen fácil, ya que esta compañía tiene acuerdos
con la empresa de autobuses: tanto los autobuses
Terravision (Rayanair) como las lanzaderas de la
compañía. El trayecto hasta Roma Termini dura
alrededor de 50 minutos y el billete sencillo tiene
un precio de 8 €. En el aeropuerto, la parada de
los autobuses está delante de la zona de llegadas.
Puede ir con el Cotral-Bus azul hasta la estación
de Anagnina si quiere ahorrar un poco. El autobús sale cada media hora desde el mismo aeropuerto y el precio del billete es de 1,10 €. Los
billetes se pueden comprar en el quiosco de
periódicos del aeropuerto. Una vez en el destino, puede tomar la línea A del metro en dirección a Termini. No olvide sacar aquí un billete
que cuesta 1 €.

Si va a coger un taxi, llegará en unos 40 minutos a la ciudad, y el precio será de 30 a 35 €.

Tras las huellas del anillo de oro

RUTA DE 'LA FORTALEZA DIGITAL' EN SEVILLA

plaza de **España**

Esta amplia plaza fue construida con ocasión de la Exposición Iberoamericana celebrada en Sevilla en 1929, en paralelo con la Exposición Universal de Barcelona. España deseaba dar muestra así de sus estrechas relaciones con sus antiguas colonias americanas. En el Palacio Español, de forma semicircular, el arquitecto Aníbal González evoca varios estilos arquitectónicos españoles, aunando con gracia elementos árabes, barrocos y renacentistas. En el centro se encuentra el Patio Central, desde el que las dos alas del edificio conducen a las torres en las esquinas, de 80 metros de altura. No es casualidad que recuerden a la Giralda.

La fachada del palacio está adornada con los típicos azulejos andaluces de vivos colores. Cada una de las provincias españolas tiene su mosaico, que reproduce un hecho de relevancia histórica para dicha región. La plaza está rodeada por un canal que cruzan cuatro puentes ornamentados, y recuerda en cierto modo a Venecia. Si lo desea, puede alquilar una barca de remos para recorrer el canal.

Ensei Tankado, un programador japonés, ha desarrollado un código indescifrable con el que pretende hacer chantaje a la organización secreta americana NSA (National Security Agency). De pronto cae muerto en mitad de la Plaza de España. David Becker es enviado por la NSA a Sevilla, a fin de investigar el legado del fallecido según las indicaciones del código secreto.

En esta plaza comienza la historia

Izquierda | EL Alcázar, obra de arquitectos musulmanes

David se entera en el hospital, gracias a un testigo, de que un alemán corpulento y su acompañante pelirroja le habían quitado un anillo de oro al moribundo. ¿Es ésa la clave del código? Al parecer, la pareja se aloja en el Hotel Alfonso XIII.

hotel **Alfonso XIII**

En la Puerta de Jerez se encuentra el Hotel Alfonso XIII, de cinco estrellas, el más célebre de la ciudad. Este magnífico edificio fue inaugurado en 1928 para servir de alojamiento a los visitantes ilustres de la Exposición Iberoamericana. Este hotel sigue estando considerado como uno de los más lujosos de España.

Su estilo arquitectónico, en el que se evidencian detalles de estilo morisco, se denomina neomudéjar, y era muy popular a principios del siglo pasado en Andalucía. Este hotel debe sus tallas de madera y los trabajos de mármol a este estilo. Destaca por su belleza el patio interior, con su azulejería y el surtidor en el centro. Aunque no se hospede en el hotel, puede sentarse aquí a disfrutar del maravilloso ambiente mientras toma un café.

El hotel pertenece actualmente al Grupo Westin y dispone de 128 habitaciones, 18 *suites* y una *Suite* Real. Las habitaciones están decoradas generalmente en estilo árabe, aunque hay otras de diseño barroco o castellano. La noche en una de estas elegantes habitaciones dobles cuesta a partir de 260 €, aproximadamente.

Un hotel de esta categoría ha albergado, como es lógico, a numerosas personalidades a lo largo de su historia. Los reyes de Suecia, Noruega y, naturalmente, de España se han sentido aquí tan a gusto como los maharajás de la India o los príncipes tailandeses.

hotel alfonso XIII
San Fernando 2,
41004 Sevilla.
Tel. 95 491 7000.
www.westin-alfonso-XIII.com

cervecería giralda
Mateos Gago 1.
Tel. 95 422 74 35.

Hotel Alfonso XIII:
el mejor de Sevilla

La Giralda es visible desde toda Sevilla

barrio de **Santa Cruz**

El barrio de Santa Cruz se extiende al lado este de la catedral. Calles estrechas, fachadas encaladas, fuentes, patios recónditos ocultos tras bellas rejerías y matas de buganvillas lo convierten en el barrio más típico de Sevilla. Resulta entretenido pasear por sus calles y descubrir algo nuevo en cada esquina. David Becker no es el único que se ha perdido en este laberinto. La animada calle Mateos Gago, por la que Becker pasa en Vespa a toda velocidad, está llena de tiendas de recuerdos y bares de tapas. No obstante, Dan Brown se equivoca cuando dice que éste es el barrio más antiguo de Sevilla. La mayoría de las calles y los edificios que podemos ver hoy datan de principios del siglo XX. La afirmación de que este barrio es de "las familias más antiguas y devotas de Sevilla" *(página 326 de La fortaleza digital)* también es muy cuestionable. Precisamente, en la época musulmana lo que estaba aquí era la judería de la ciudad.

Al caer la tarde, los sevillanos se reúnen en las mesas que se colocan frente a los bares y restaurantes. A pesar de la cercanía de la Giralda y la catedral, con los consiguientes grupos de turistas, las tapas que aquí se sirven son auténticas y muy variadas. Muchos locales están primorosamente decorados con estucados, azulejos y suelos de mármol de inspiración árabe.

Tras una búsqueda intensa por una discoteca punk y el baño de señoras del aeropuerto, David Becker encuentra por fin el anillo. Nos ahorramos la descripción de estos escenarios tan poco atractivos y retomamos la persecución en el momento en que Becker huye montado en una Vespa por las calles del barrio de Santa Cruz.

David recibe varios disparos de su perseguidor. Logra salvarse en la catedral, en la que en ese momento se celebra una misa. El hecho de que todos los feligreses vayan vestidos de negro es, evidentemente, fruto de la imaginación del autor. Pero esta licencia literaria hace que para David, que va vestido de colores claros, sea mucho más difícil ocultarse del asesino.

catedral de santa maría
Plaza Virgen de los Reyes.
Horario: 11.00-17.00
lunes-sábado (julio y
agosto 9.30-15.30
lunes-sábado),
14.30-18.00 domingo
y festivos.
Entrada: 7 €,
reducida 1,5 € (para
sevillanos, estudiantes,
desempleados y jubilados), domingo gratis.
www.turismo.sevilla.org

catedral de **Santa María**

Los canónigos decidieron en 1401 construirla con la siguiente intención: "Hagamos una iglesia tan grande que los que la vieren acabada nos tengan por locos". Y lo lograron: la Catedral de Sevilla fue en su día la de mayor superficie del mundo. Actualmente ocupa el tercer lugar después de la basílica de San Pedro de Roma y la catedral de San Pablo en Londres. Su planta tiene 23.500 metros cuadrados y una longitud de 116 metros. En el año 1987 fue declarada Patrimonio de la Humanidad por la UNESCO. Las obras de construcción duraron más de cien años y las de ornamentación trescientos años más. En los trabajos de este templo de estilo gótico tardío intervinieron constructores y escultores de España, Alemania y Flandes.

La catedral posee nueve portadas. La entrada principal, la Puerta de San Cristóbal, está situada en el lado sur. En el interior de la catedral se respira un ambiente de profundo respeto que, junto con el intenso aroma del incienso, nos transporta a una época muy remota. En medio de la nave se encuentra la capilla Mayor y la joya más impresionante de esta iglesia: tras una preciosa rejería del siglo XVI se encuentra el Retablo Mayor, considerado el más grande del mundo. Más de mil figuras talladas en veintitrés metros de altura y veinte de anchura representan escenas de la vida de Jesús.

Frente al gran altar, si miramos a la derecha podremos ver la tumba de Cristóbal Colón. El sarcófago descansa sobre los hombros de cuatro figuras, que representan a los reyes de los reinos de España en la época de Colón: Castilla, Aragón, Navarra y León. No obstante, las últimas investigaciones señalan la posibilidad de que éstos no sean los restos mortales del almirante.

los restos mortales de ·**Colón**

Junto al colosal Retablo Mayor en la catedral de Santa María, se encuentra la tumba de Cristóbal Colón (1451-1506). El sarcófago descansa sobre los hombros de cuatro figuras que representan a los reyes de los reinos de España en la época del descubridor. Pero ésta no es la única tumba que reclama el honor de custodiar los restos mortales de Colón. En Santo Domingo, República Dominicana, hay una segunda tumba mucho más ostentosa. Desde hace unos 130 años ambas ciudades se disputan la tenencia del auténtico Colón.

En verano de 2002 comenzó a abordarse la cuestión. Un historiador español, en colaboración con un especialista en genética, obtuvo la autorización para analizar los restos situados en la Catedral de Sevilla; los investigadores sospechaban que estos huesos no pertenecen a Cristóbal Colón. Aunque a día de hoy, el cabildo de la catedral no ha recibido el informe de las investigaciones, el periódico británico *The Guardian* publicó en agosto de 2004 que los restos proceden de un hombre de complexión débil que murió como mucho a los 45 años de edad. Colón, como buen marino, era más bien fuerte y murió alrededor de los 55 años, lo que se ajusta más al perfil de los huesos de Santo Domingo. Los restos de Sevilla parece que pertenecen a Diego, el hijo de Colón. Algo que seguramente no gustaría a los policías que, en la novela, David Becker se encuentra en Sevilla.

La catedral de Santa María es una de las más grandes del mundo

El asesino ha descubierto a David Becker en la catedral. Huye a través del patio interior hacia la Giralda. Pronto se percata de que se ha metido en un callejón sin salida.

la **Giralda**

En el lado norte de la catedral se encuentra el Patio de los Naranjos. Los textos del Corán que figuran en sus puertas indican su origen islámico. La fuente octogonal también revela que la construyeron los musulmanes para lavarse las manos y los pies antes de entrar en el templo. La Giralda tiene 94 metros de altura y es, sin duda, el símbolo monumental de la ciudad. Originariamente, la torre servía como minarete de la mezquita mayor y estaba coronada con cuatro bolas de bronce, que se destruyeron en el terremoto de 1356. El actual campanario fue construido sobre las bases del antiguo minarete entre 1558 y 1568 por el maestro Hernán Ruiz, que logró armonizar a la perfección el estilo renacentista de la parte superior con la construcción musulmana inferior.

En la cúspide se sitúa una figura de bronce de cuatro metros de altura, que simboliza la fe cristiana. Asimismo hace las funciones de veleta y se denomina Giraldillo, palabra que deriva de girar. Ya sabemos de dónde proviene el nombre de la Giralda. Durante su restauración, iniciada en 1999, la figura original fue sustituida por una copia, pero a partir de junio de 2005 el auténtico Giraldillo ha vuelto a ocupar su ubicación.

Dentro de la torre hay una rampa de dos metros y medio de anchura que conduce a una galería. Desde una altura de 70 metros se contempla una magnífica vista de Sevilla sobre los tejados. No hay escaleras, como se dice en la novela, sino una rampa en espiral de 35 tramos ascendentes.

94 metros para disfrutar de las mejores vistas de Sevilla

Si Robert y Sophie hubieran tenido más tiempo... *seguro que habrían ido a ver:*

Los Reales Alcázares, uno de los monumentos más fastuosos de Sevilla

reales **Alcázares**

Al cruzar la Plaza del Triunfo, situada en el lado sur de la catedral, se llega a un monumento absolutamente espléndido que data de la época musulmana: los Reales Alcázares. Hasta 1248 fue la residencia de los soberanos musulmanes. Cuando Fernando III conquistó la ciudad, quedó tan impresionado por su esplendor que lo convirtió en su palacio. Gran parte de las actuales instalaciones datan de la época del rey Pedro el Cruel, que ordenó a un arquitecto musulmán la decoración interior del Alcázar en 1366. Es un lugar que debe visitarse con tiempo suficiente para apreciar toda su belleza. El Salón de los Embajadores con sus artísticas tallas y azulejos es probablemente la sala más destacada de todo el palacio. La visita termina en los jardines, un oasis en plena ciudad, con estanques, pabellones y macizos de fragantes flores. Aquí se conjugan elementos de la arquitectura musulmana y los de influencia renacentista, dando lugar a una singular obra de arte. Es una delicia descansar a la sombra de los naranjos en alguno de los coloridos bancos de azulejos.

reales alcázares
Patio de Banderas.
Horario: 1 abril-30 septiembre 9.30-20.00 martes-sábado y 9.30-17.00 domingo y festivos, 1 octubre-31 marzo 9.30-18.00 martes-sábado y 9.30-13.30 domingo y festivos. Cerrado lunes. Entrada: 3 €.

Ruta a pie por **Sevilla**

La ruta recomendada no recorre los escenarios de *La fortaleza digital* conforme a su aparición en la novela, sino según su ubicación real. No olvide que a ambos lados de la ruta hay otros lugares interesantes.

En Sevilla la ventaja es que todos los escenarios que hemos descrito se hallan muy cerca unos de otros, por lo que pueden recorrerse a pie sin grandes esfuerzos. El orden de la visita puede cambiarse también a voluntad. Nuestro consejo es que comience por la mañana, antes del intenso calor, con un paseo sin rumbo fijo por las calles del BARRIO DE SANTA CRUZ para que disfrutemos de su peculiar ambiente.

A partir de las 11.00 la CATEDRAL DE SANTA MARÍA está abierta y podremos admirar su magnífico interior. Cuando echemos de menos la luz del día, podemos salir por el PATIO DE LOS NARANJOS y subir por la rampa a la GIRALDA. Una vez arriba, contemplaremos la espléndida vista sobre los tejados de Sevilla. Después de bajar, en función de la hora y el cansancio, tenemos la opción de hacer un alto en la cervecería Giralda o cualquier otro bar de tapas o bien cruzar la Plaza del Triunfo en dirección a los REALES ALCÁZARES. Precisamente el calor del mediodía es mucho más llevadero en los JARDINES DEL ALCÁZAR. Más tarde, dejaremos el palacio por la Puerta del León y, siguiendo siempre por la izquierda a lo largo del muro exterior, llegaremos a la PUERTA DE JEREZ.

Al otro lado de la calle San Fernando se sitúa el HOTEL ALFONSO XIII. Cruzamos la zona universitaria en dirección sur y accedemos a la calle Palos de la Frontera. A la izquierda veremos ya la PLAZA DE ESPAÑA, a la que el sol del atardecer arranca sus colores más bellos.

Al otro lado de la avenida de Isabel la Católica, el recorrido finaliza con un paseo por el vecino PARQUE DE MARÍA LUISA.

en **Tren**

Todos los días Renfe pone en funcionamiento varios trenes AVE que salen de la estación Puerta de Atocha de Madrid y llegan a la sevillana Santa Justa. Desde Barcelona se puede coger el Altaria.

en **Avión**

El aeropuerto de San Pablo está situado a 10 kilómetros del centro. Iberia y Air Europa cuentan con vuelos regulares desde varias ciudades españolas.

en **Autobús**

Desde muchas ciudades españolas parten autobuses con destino a la capital andaluza.

en **Coche**

Los viajeros que deseen ir a Sevilla desde Madrid deben tomar la A4, y los procedentes de Barcelona la AP2, la A2 y la A4.

Uno de los bancos de azulejos
de la Plaza de España

'EL CÓDIGO DA VINCI' – LA PELÍCULA

Dan Brown puede considerarse, sin duda alguna, un verdadero triunfador; el autor de *El Código Da Vinci,* una de las novelas de mayor éxito de los últimos tiempos —publicada en Estados Unidos y en España en 2003— conquistó de inmediato las listas de éxitos de ventas, donde se ha asentado de forma permanente. Esta polémica obra se ha traducido a 42 idiomas. Dan Brown se ha embolsado seis millones de dólares por la venta de los derechos para el rodaje de la película, estrenada simultáneamente en 73 países. Seguro que ha disfrutado viendo cómo los actores más conocidos de Hollywood suspiraban por encarnar los papeles principales. Las posibilidades de que la película tenga tanto éxito como la novela son inmejorables, ya que cuenta con un rostro tan popular como el de Tom Hanks y un presupuesto de 125 millones de dólares. El director, Ron Howard, obtuvo dos *oscars* en 2001 con la película *Una mente maravillosa,* y el guionista Akiva Goldsman el *oscar* al mejor guión adaptado.

El resto del reparto también es excepcional: junto a Tom Hanks, en el papel de Robert Langdon, aparece Ian McKellen (Gandalf, en *El señor de los anillos)* como Teabing. Paul Bettany *(Una mente maravillosa)* interpreta a Silas, Jean Reno *[El profesional (Léon)]* a Bezu Fache, Alfred Molina *(Spiderman 2)* actúa en el papel del obispo Aringarosa y Jürgen Prochnow *(Das Boot. El submarino)* como Vernet, el director del banco. La protagonista de *Amélie,* Audrey Tautou, encarna a Sophie tras haber desbancado a otras treinta

Izquierda | Tom Hanks de rodaje en Lincoln

actrices, entre ellas, según los rumores, a una artista muy amiga de la hija de Chirac, el presidente de la República francesa.

Para el rodaje se ha contado con uno de los estudios más prestigiosos del mundo, Shepperton Studios, de Londres, de donde han surgido películas tan taquilleras como *Harry Potter, Alien, Memorias de África, Bridget Jones* y muchas más. El rodaje ha estado sometido a las más estrictas medidas de seguridad para evitar su difusión; la política de información de Sony Pictures es extremadamente restrictiva. El secretismo es similar al que se describe en la novela de Dan Brawn sobre el Priorato de Sión y la supuesta verdad sobre Jesús y María.

El director Ron Howard ya había rodado Apolo 13 *con Tom Hanks*

parís

La ciudad de París parece ser un escenario ideal para el cine; en el año 2005 se concedieron permisos para más de 3.300 rodajes, lo que significa que cada día se rodaban 10 películas en la ciudad. El pistoletazo de salida para el rodaje de esta película se dio la tarde del 29 de junio de 2005. La Place Vendôme se cercó, mientras las fuerzas de seguridad impedían que los curiosos pudieran franquear las barreras y obtener fotografías. El punto central del rodaje se sitúa en el Hotel Ritz, donde comienzan tanto la novela como la película.

Sin embargo, las escenas de la *suite* en la que se aloja Robert Langdon no se rodaron en el hotel. Los muebles se enviaron a Londres para reconstruir la *suite* en el estudio.

Poco después, del 4 al 12 de julio, estaba programado el rodaje en el Louvre. Había que rodar de noche, ya que durante el día el museo permanecía abierto al público con toda normalidad. Las escenas que transcurren bajo la Pirámide se rodaron en su totalidad en el lugar original, pero las de la Grande Galerie sólo en parte. El hallazgo del cadáver del director del museo se rodó en el estudio, en un plató idéntico al lugar original. Hubo que copiar más de cincuenta pinturas; entre ellas las dos con mayor protagonismo: *La Virgen de las Rocas* y *La Mona Lisa*. Como es evidente, no se iban a escribir mensajes secretos sobre las obras originales. Por el contrario, la huida de Robert y Sophie de la policía francesa en el Smart se rodó en las calles de París. Al norte de la Place Vendôme se encuentra la Rue Saint Georges, una pequeña calle en dirección a Montmartre. Dos reporteros de la agencia de noticias Bloomberg, Celestine Bohlen y Gregory Viscusi, tuvieron la ocasión de observar el rodaje desde una casa particular: "Se prohibió aparcar

Vista nocturna del Louvre

Paul Bettany caracterizado como el monje Silas

durante cinco días seguidos en un tramo de cien metros. En la calle se encuentran edificios del siglo XIX, anticuarios y pequeños restaurantes. Durante cuatro noches seguidas, de las nueve de la noche a las seis de la mañana, el tráfico se desvió para convertir la calle en un plató de cine. Una de las noches, Tom Hanks y Audrey Tautou se montaron en un pequeño Smart que iba anclado a un *go-kart*, en uno de cuyos extremos iba el conductor y en el otro dos cámaras. En esta escena, el automóvil intenta librarse de tres coches de policía. La persecución comienza ante un señorial edificio del siglo XIX, que en la película representa la Embajada de Estados Unidos [...]. Los propietarios de los restaurantes recibieron una indemnización por tener que cerrar todas las noches mientras se rodaba la película, mientras que a los dueños de las tiendas les pagaron una cantidad a cambio de dejar los escaparates a la vista y las luces encendidas para que diera la sensación de que era de día."

Al parecer, a uno de los comerciantes le ofrecieron 50 euros para que no cerrara la tienda por la noche; pero como es comprensible, la suma no le convenció.

château de **Villette**

El magnífico Château de Villette

El equipo se reunió a finales de junio para organizarse y comenzar a hacer alguna toma. Los trabajos de rodaje en el *château* comenzaron el 13 de julio y duraron hasta la madrugada del 16 de julio. Varios cientos de personas estuvieron trabajando simultáneamente en los alrededores del edificio con unos noventa camiones y caravanas. Todos los exteriores del *château* se rodaron *in situ*, y las tomas aéreas, desde un helicóptero. En el interior, la entrada y la gran escalera, donde hace su aparición sir Ian McKellen, en la película Leigh Teabing, constituyen un escenario perfecto. Por su parte, la biblioteca y el edificio anejo que alberga el sistema de

Interior del
Château de Villette

escucha fueron reconstruidos en los estudios londinenses.

La puerta de entrada, que la policía tiene que echar abajo, fue reproducida allí mismo.

Los escenógrafos hicieron un excelente trabajo; su obra tenía un aspecto tan real que la dueña del *château* intentó en vano abrir la puerta falsa cuando regresaba de noche a su mansión, ya que ni siquiera ella era capaz de distinguir la puerta original de la simulada. Al final, el personal de seguridad acudió en su ayuda para franquearle la entrada.

Durante el rodaje se habilitaron seis habitaciones para los protagonistas. No obstante, Tom Hanks prefirió instalarse con su mujer, Rita, y sus hijos en la residencia parisina del actor Donald Sutherland. El resto de los actores tampoco pudo disfrutar demasiado del lujoso ambiente durante la estancia, ya que la acción que tiene lugar en el Château de Villette transcurre de noche, y por lo tanto hubo que rodar siempre de noche.

londres

Desde que se publicó *El Código Da Vinci*, el reverendo Griffth-Jones se ha mostrado muy dispuesto a la hora de discutir sobre el contenido de la novela. Los viernes, entre la una y las dos de la tarde, los seguidores de Dan Brown y demás interesados pueden plantear sus dudas y discutirlas con él a cambio de un donativo de tres libras. Por ello, no es de extrañar que autorizara el rodaje en su iglesia. A finales de agosto comenzó la grabación en Temple Church, que duró alrededor de una semana.

La escena original del libro ocurre a las siete y media de la mañana, por lo que la iluminación se ha de adecuar a esa hora. Para mantener la misma luz en el interior de la iglesia durante todo el tiempo del rodaje hubo que trabajar con focos. Las ventanas de la iglesia se taparon por completo desde el exterior, mientras que las ventanas de la nave circular se cubrieron sólo en la parte superior, ya que la inferior debía quedar libre para los proyectores. Para lograr el efecto de la luz que se cuela en la iglesia a través de las cristaleras, se colocaron filtros de color delante de los focos.

No se logró la autorización para rodar en la abadía de Westminster. El comunicado oficial lo justificaba de la siguiente forma: "Puede que el libro sea muy emocionante, pero no pode-

Las cámaras llegan hasta lo alto de la iglesia

mos recomendar ni aprobar sus controvertidas y caprichosas manifestaciones religiosas e históricas, como tampoco sus afirmaciones sobre el cristianismo y el Nuevo Testamento. Por este motivo, consideramos poco oportuno rodar aquí las escenas que se describen en la novela". Ron Howard tuvo que buscar una alternativa, y finalmente la encontró: la catedral de Lincoln.

Rodando en Temple Church

lincoln

En medio de la llanura del condado de Lincolnshire se alza, visible desde la lejanía, Lincoln, una de las ciudades históricas más bellas de toda Inglaterra. Su imagen está dominada por la catedral, con una torre central de unos 83 metros de altura, una de las más altas de Inglaterra. La construcción de la iglesia comenzó en el año 1070, pero el edificio fue destruido por el fuego y los terremotos. Sólo quedaron en pie la fachada oeste y la parte inferior de las dos torres occidentales. Hasta el año 1192 no comenzaron los trabajos de reconstrucción de la catedral, en estilo gótico. La torre central data del siglo XIV, y sobre su cúspide se alzaba una aguja de plomo. Hasta 1549, año en que la aguja de la torre central fue destruida por una tormenta, ostentó durante dos siglos el título de edificio más alto del mundo.

La catedral de Lincoln convertida en escenario cinematográfico

La catedral de Lincoln se transforma en la abadía de Westminster

El 5 de agosto, un gran equipo de escenógrafos, carpinteros y artistas se puso manos a la obra para convertir el interior de la catedral de Lincoln en una réplica de la abadía de Westminster. En la nave se instaló una reproducción de la tumba de Isaac Newton, que había sido previamente reconstruida en los estudios de Londres. Los maravillosos frescos que en la película adornan la Sala Capitular también son escenografía pura.

En los trabajos de adaptación hubo que retirar la iluminación eléctrica, ocultar los radiadores y cubrir las zonas de obra nueva, ya que aquí se rodó una escena que pertenece a la película, pero no al libro: una recreación del entierro de Isaac Newton en el año 1727. Un centenar de vecinos de Lincoln participó como extras en el rodaje, perfectamente ataviados con pelucas y atuendos de la época.

A partir del 15 de agosto y durante toda una semana, la pequeña ciudad de Lincoln se vio invadida por el peculiar ambiente de Hollywood. Los curiosos se agolpaban en las inmediaciones de la catedral y del White Hart Hotel, donde estaban alojados los artistas. Los más afortunados lograron verles e, incluso, conseguir algún autógrafo. El periódico local, *Lincolnshire Echo,* convocó a sus lectores para hacer fotos de las estrellas, con la promesa de publicarlas en el diario.

lincoln cathedral
Horario: 7.15 a 20.00
lunes-viernes de verano,
hasta las 18.00 en invierno,
7.15-18.00 sábados,
domingos y festivos
Entrada: 4 libras; para
niños menores de
16 años, 1 libra.
www.lincolncathedral.com

Réplica de la tumba de sir Isaac Newton

Pero no todos en Lincoln se mostraron tan entusiasmados; la hermana Mary, una religiosa católica, estuvo rezando frente a la iglesia doce horas seguidas como medio de protesta contra el rodaje de esta película en la casa de Dios. En Lincoln confían en que, como ya ha ocurrido con los escenarios de la novela, la ciudad se beneficie de una mayor afluencia de turistas. El equipo de la película dejó al marcharse numerosos elementos de la escenografía, que desde la conclusión del rodaje forman parte de una exposición en la catedral, en la que pueden verse bocetos, fotos y alguna de las piezas de la réplica de la tumba de Newton. Pero además de la exposición, Lincoln tiene otros atractivos; por ejemplo, la historia del Lincoln Imp, símbolo de la ciudad. Según la leyenda, un duende llegó a Lincoln con la siniestra intención de destruir su iglesia, pero un ángel le convirtió en piedra, y así sigue en el Angels Choir (Coro de Ángeles), situado por encima de las figuras de 28 ángeles. Destacan también las dos magníficas rosetas medievales, llamadas Bishop's Eye (Ojo del Obispo) y Dean's Eye (Ojo del Deán).

El actor Ian McKellen, que interpreta a Leigh Teabing, firmando un autógrafo

otras localizaciones en **Inglaterra**

información
www.burghley.co.uk
(Burghley House)
www.belvoircastle.com
(Belvoir Castle)
www.shorehamairport.co.uk
(Shoreham Airport)

Además de los escenarios principales, otros lugares de Inglaterra han servido de telón de fondo para el rodaje de esta película. En el mismo condado de Lincolnshire se halla Stamford; en Burghley House se han rodado las escenas correspondientes a la residencia veraniega del Papa en Castelgandolfo, donde el obispo Aringarosa se reúne con los clérigos del Vaticano.
El parque adyacente también tuvo que ser adaptado para el rodaje, aunque para las tomas exteriores de Castelgandolfo sirvió de escenario el Belvoir Castle, en Leicestershire. El aeropuerto de Shoreham, cerca de Brighton, se convirtió para la película en el aeródromo de Le Bourget, en Francia, desde donde los protagonistas parten rumbo a Londres a bordo del *jet* de Teabing.

Belvoir Castle, escenario de la residencia papal de Castelgandolfo

Roslin

Para la pequeña localidad de Roslin el rodaje constituyó, como no podía ser de otra manera, todo un acontecimiento. El 26 de septiembre, Rosslyn Chapel se cerró durante cuatro días al público. Los curiosos no lo tuvieron fácil para acercarse, ya que alrededor de la iglesia se levantó una valla de madera y los equipos de seguridad impidieron el paso de todo aquel que no estuviera acreditado como miembro del rodaje.

Unos jubilados escoceses supieron aprovechar la ocasión. Abrieron su casa, con vistas a la capilla, a turistas y reporteros con el fin de alquilarles un lugar en primera fila: las ventanas de los dormitorios.

Por la mañana el precio de la entrada era de 25 libras esterlinas. A medida que la idea iba teniendo éxito se cobraban entre 50 y 75 libras. Pero los dueños no se quedaron con las ganancias, sino que las donaron a instituciones benéficas. El rodaje fue un acontecimiento muy especial para la artista local Aine Divine, que pintó un retrato de Tom Hanks a partir de una foto. Su sueño sería que el gran actor posase para ella en alguna ocasión, y así se lo comunicó durante el rodaje. Pero hasta el momento no ha recibido respuesta. Como consecuencia del éxito de la novela, en el año 2005 el número de personas que ha visitado la capilla se ha duplicado, hasta alcanzar la cifra de 120.000. Su canónigo, Stuart Beattie, calcula que tras el estreno de la película la cifra aumentará en unos 30.000 turistas. Para poder atender a esta gran afluencia de público se planea la apertura de un nuevo centro de visitantes.

Retrato de Tom Hanks realizado por una pintora de Roslin

Preparativos para el rodaje

procedencia de las **citas**

Todas las citas que figuran en las páginas 6 a 69
(París, Londres, Roslin) proceden de: Dan Brown,
El Código Da Vinci, Umbriel Editores, 2003 | Todas
las citas que figuran en las páginas 70 a 123
(Roma) proceden de: Dan Brown, *Ángeles y Demonios,* Umbriel Editores, 2004 | Todas las citas que
figuran en las páginas 124 a 133 (Sevilla) proceden de: Dan Brown, *La fortaleza digital,* Umbriel
Editores, 2006.

créditos **fotográficos**

Kevin George / Iberimage: portada y contraportada,
Museo del Louvre, París.

Oliver Mittelbach: pág. 4, 5, 5 ab, 6, 10, 12, 13, 14,
15 d, 15 i, 16, 17, 20, 21 ar, 21 ab. 22, 23 ar, 23 ab,
24, 25, 26, 28, 33, 34, 35, 40, 42 ar, 42 ab, 43, 44 ar,
44 ab, 45 ar, 45 ab, 46, 47, 49 ar, 49 ab, 50 ab, 53 ab,
54, 56, 58, 78, 82, 84, 86, 91, 92, 93, 96, 97, 98, 99,
100, 101, 102, 103, 104, 105 d, 105 i, 106, 108, 109,
110, 111, 112, 125, 133, 137.

Con la amable autorización del Hotel Ritz de París:
pág. 8, 9 ar, 9 ab, | akg-images/Erich Lessing: pág.
18/19 | akg-images/Erich Lessing: pág. 81 | akg-images: pág. 94.

Manfred Kaczerowski: pág. 29, 70, 74, 76, 80, 85,
87, 88, 89, 101, 117 ar, 118, 124, 129 ar, 129 ab,
130, 131 | Fotos Château de Villette con la amable
autorización de Olivia Hsu Decker: pág. 30, 31,
138 a, 139 | Decanato y capitel de Westminster:
pág. 51 | www.castles-abbeys.co.uk / Michael W.
Cook: pág. 53 | Con la amable autorización de la
National Gallery de Londres: pág. 55 | Antonia
Reeve / Rosslyn Chapel Trust: pág. 62, 66 | Undiscovered Scotland: The Ultimate Online Guide: pág. 64,
65 ar, 65 ab, 67 (www.undiscoveredscotland.co.uk) |
Con la amable autorización de CERN: pág. 72,
73 ar, 73 ab | Con la amable autorización del Hotel

el **autor**

Tras desarrollar su carrera en el sector publicitario
para marcas tan conocidas como Wella y Coca-
Cola, Oliver Mittelbach, trabaja en la actualidad
como asesor de marketing independiente. Desplie-
ga su pasión por viajar en Internet, donde publica
guías de viajes *on-line*. Roma, París y Londres son
ciudades que conoce bien desde hace muchos
años. Después de leer las novelas de Dan Brown,
volvió a descubrir estas históricas ciudades desde
un ángulo completamente diferente. *Viaje por los
escenarios de Dan Brown* es su primer libro.

Información sobre Dan Brown
www.danbrown.com

Nota del editor: las citas de las obras de Dan Brown
mencionadas en este libro corresponden a las ediciones
españolas publicadas por Umbriel.